集英社オレンジ文庫

シュガーレス・キッチン

―みなと荘101号室の食卓―

樹 れん

Sugarless Kitchen

Contents

イラスト／わみず

Take care !
Sugarless Kitchen
シュガーレス・
キッチン
みなと荘
101号室
の食卓

プロローグ

誕生日会という行事を好きになることは、きっと一生ない。

雨の中、口元を押さえて壁に寄りかかっていたら、ぱしゃぱしゃと水たまりを蹴《け》って走ってくる足音が聞こえた。私と同じように傘がないひとが焦っているんだ、可哀想《かわいそう》に。背後から近づいてくる足音はそのまま私の隣を素通りしていくと思ったのに、すぐ後ろで止まった。同時に、私の体に当たって弾けていた雨も途切れる。

「茜《あかね》さん?」

ふり返ると一人の男子高校生が、私に大きな傘を差しかけていた。

彼は切れ長の目で私を見下ろしている。ぴちゃん、と傘の骨の先から雨粒が滴《したた》った。

「ちーちゃん」

とっさに口から出た愛称。一拍見つめ合い、私はぱちん、と唇を掌《てのひら》で叩いた。

「じゃない、ごめん。……千裕《ちひろ》くん」

ちーちゃん、ではなく千裕くんが、小さく会釈した。はじめて会ったときと同じように。

『黒江《くろえ》千裕っていいます。……ちーちゃんって呼ばれてます』

一週間ほど前、ゴミ捨てをしていたときにはじめて会った男の子は、そう自己紹介してくれた。真顔だったから、ウケ狙いなのかもわからなかった。

はたから見れば成功とは言えないだろう挨拶《あいさつ》だったが、私はその一発で名前を覚えてしまった。彼が口にした愛称が、とても馴染《なじ》みのあるものだったから。だからさっき、うっかり口から出てしまった。

「救急車、呼ばなきゃいけないかと思いました」

傘の影の下、青年――千裕くんの声は、未だに張りつめている。

「やばそうなら、今からでもばあちゃん呼んできますけど」

「いやいや、ほんと。綾乃《あやの》さんのお世話になるようなことじゃないよ」

彼は「無理しないでくださいね」と傘を少し、私のほうへ傾けた。

帰宅中、体調が悪そうな私の後ろ姿を発見し、わざわざ駆け寄ってきてくれたらしい。

驚きつつも問題ない旨《むね》を伝えると、「よかったら、アパートまでいっしょに」と私をそのまま傘に入れてくれたのだから、親切の塊《かたまり》のような子だ。

そんな彼、千裕くんは、私が住んでいるアパートの管理人である綾乃さんのお孫さんだった。今年の春から、いっしょに暮らしているのだという。

「ふつうに具合悪いとかなら、病院行ったほうがいいと思いますよ」

向かいの歩道のレインコートを着せられているコーギーを目で追っていたら、深刻そうにそう進言される。たった一度会っただけの人間を、こんなに気遣ってくれるとは。

「本当に、大したことじゃないから」

今日大学で、みんなに夕飯に誘われた。ゼミ生たちは仲がいいほうだけれど、こんなに集まっているのもめずらしい。そう不思議に思いつつもお店に移動し、食後に運ばれてきたショートケーキを見てようやく、そのわけを理解した。

茜ちゃん、ハッピーバースデー！　友人や後輩たちはみんな、屈託のない笑顔で私を祝ってくれた。サプライズの企画としては傍目《はため》に見ても大成功だっただろう。――ただ一点、本日の主役がケーキを苦手としていることを除けば。

当たり前だ。飲み会は最低限しか行かず、ご飯に誘われてもだいたい断る私の味覚にまつわる事情を、みんなが知っているほうがおかしい。

私は大きめに切り分けられたケーキを、すべて笑顔で平らげた。祝ってもらったこと自体は本当にうれしかったし、みんなのやさしさを無下にしたくもなかった。だから解散までは楽しく談笑もしたのだけれど、徐々に膨らんでいった胃の違和感を、一人になったとたん無視できなくなってしまった。そして立ち止まって呻《うめ》いていたところを、千裕くんに見つかったという次第だ。ちなみに歩き出してから気づいたが、もたれていたのは皮肉なことにクレープ屋の壁だった。恨みはないがすぐさま離れた。

「ちょっと甘いもの食べて、気分悪くなっちゃっただけ」

ごまかすように笑えば、千裕くんは少しだけ目を見開いて、「なら、いいですけど」と一つうなずいた。それきり口を噤《つぐ》んでしまう。

沈黙の中、わん、と犬の鳴き声が聞こえた。私たちより歩くのが速いコーギーが、飼い主の足元を忙《せわ》しなくうろついているのが目に入る。

千裕くんがわざとゆっくり歩いてくれていることに、気づいた。

彼について、知っているのは名前を除けば、高校二年生ということだけだ。雨の中傘がなくて困っていたところを助けてもらう、なんて少女漫画によくありそうな展開だが、私は現在大学生ですでに成人もしている。高校生に負担を強《し》いているこの状況は、ただただ心苦しく申し訳ないものでしかない。

それでもともにアパートへ帰ることを拒まなかったのは、彼が差し出してきた厚意がなんの含みも持たない、剝《む》き出しの善意に思えたからだった。傘に入ってと言われて、ついうなずいてしまったのだ。さっき口からほろりと、愛称がまろび出たみたいに。

沈黙が気まずくて「帰宅には遅い時間だけど、部活？」と話を振ってみたが、「友達と駄弁《だべ》ってたらこの時間になっただけです」と返されて以降、会話が続かなかった。寡黙《かもく》なのか、それとも彼も気まずいのか。常より長い帰り道を、二人でぎこちなく歩いた。長く虚《うつ》ろな帰途をたどり、アパートに到着する。軒下《のきした》に入ってようやく、体が冷えきっていたことに気づいた。千裕くんが畳んだ傘からは大量の水滴が落ちている。

お礼を言おうと向きなおるのと、「あの」と千裕くんが顔を上げたのは同時だった。

「胸焼けには、牛乳とかいいらしいです」

一瞬、なんのことを言っているのかわからなかった。数拍の間をおいて、甘いものを食べて云々《うんぬん》、といううつい先ほどの会話に思い至る。

「いや、胸焼けっていうか……」

ここで、素直に相槌《あいづち》を打っておけばよかったのに。このときすらりと背が高い千裕くんの、傘からはみ出していたのだろう濡れた肩に目が吸い寄せられたのだ。それで適当なその場しのぎが、喉《のど》の奥で急速にしぼんでいった。

胸焼け、ともいえるかもしれない。用意してもらったケーキはとても素敵だった。ぴんと立った真っ白な生クリーム、形が揃《そろ》ったきらきらの苺《いちご》、そして『お誕生日おめでとう』の文字が書かれたチョコレートのプレート。近くのテーブルにいた家族連れの、小さな男の子の目が釘づけになっていたくらい、綺麗《きれい》なショートケーキだった。

でもそれをどんなに味わおうとしても、私にはできないのだ。

「私、甘いものが苦手って、いうか、……甘さが感じられないの」

千裕くんは目を瞬《またた》いた。突然耳慣れない言語で話しかけられたような反応だった。

「しょっぱいとか苦いとかは、わかるんだけど。甘さだけがわからなくて……それで、甘いものが苦手なんだ」

私の舌は甘みだけを拾わない。十年前からずっとだ。

いつもなら苦手の一言で済ますのに、なぜか聞かれてもいないことまで話してしまった。自分でもどうしてか、よくわからない。自分が濡れてまで私を助けてくれた恩人に、嘘《うそ》ではないとしても真実を隠すことがはばかられたからかもしれない。

困らせてしまったのか、千裕くんは黙ったまま、まじまじと私を見返している。さすがにいたたまれなくて、「……きみは甘党？」と話題をずらしてみた。彼はすぐさまはっとして、はい、とおそらく反射で首肯した。

そうか、それならあのケーキも、彼みたいなひとに食べてもらえたほうが本望だったろうに。いや、誕生日に用意してもらったものに、こんなことを考えるべきではないか。かぶりを振って、改めて頭を下げる。

「じゃあ今度お礼にでも、甘いもの持っていくね。傘、本当にありがとう。助かりました」

首を振って遠慮する彼に、おやすみなさい、と添えて別れた。さりげなくふり向いてみると、綾乃さんとともに暮らす101号室に彼はまっすぐ帰っていく。

アパート〝みなと荘〟は、二階建ての木造アパートだ。一階ごとに三部屋あって、私の203号室と千裕くんの101号室はもっとも離れている。階段を上っていると、階下で扉の閉まる軋《きし》んだ音がした。

濡れたのはそんなに長い時間ではないのに、ずいぶん体力を奪われてしまった。部屋に帰りつき、濡れた髪をタオルで雑に拭《ぬぐ》いつつ、テーブルのそばに座り込む。ポケットからスマホを出すと、メッセージが入っていたことに気づいた。

『母』の文字に、無意識に肩に力が入る。

久々にもらったメッセージは想像の通りに、私の誕生日を祝うものだった。『ちゃんと食べてる?』というふうにいつものお決まりの文言に加えて、明日受け取りで荷物を発送してくれたことや、祖父母の近況も短く書かれていた。荷物の着日は、誕生日当日は用事があるかもしれないと気を遣ってずらしてくれたらしい。

最後には予想通りに、『返信は気にしないでね』の一文が添えられていた。薄暗い部屋で、じっとスマホの画面を見つめた。

返事をして、元気かちゃんと確認させて、と言えばいいのに。私もそう伝えることはできず、返事をしようとするのに書いては消してを数回繰り返した。書こうと思えば書けるけれど、それをしてもきっと母は、次のやり取りで最後にまた同じ一文をつけるだろう。なるべく私の負担にならないよう、しかしできる限りで私を支えようとしてくれる母の姿勢を垣間見るたび、私の胸は温まるよりも先に軋む。ぎこちない母娘関係をどうすればいいのかずっとわからないまま、実家を離れてもう四年目になっていた。

結局、スマホをテーブルに放り出して寝転がった。するとちょうど、チェストに置いた写真立てを見上げる形になる。

シンプルなフレーム。白い木枠に囲まれているのは、赤い首輪をつけた、焦《こ》げ茶の毛並みの中型犬だ。目立つ特徴はない雑種で、名前はチョコ。愛称、ちーちゃん。

小学生のころ、飼っていた犬だ。かつて秋尾《あきお》家は母と私、そしてちーちゃんの、二人と一匹だった。

窓の外では、まだ雨が夜の街に降りそそいでいる。ちーちゃんを拾った日も、雨が降っていた。濡れたあの子に、小さな私が傘を差しかけた。

体を起こし、写真立てを手に取る。ちーちゃんの、鋭くも見える眼差《まなざ》しが私を見返す。

ちーちゃんを拾った日の続きのように、雨音が鼓膜にざらざらと響いている。この子と同じ愛称の子に、今度は私が、傘を差しかけてもらった。梅雨《つゆ》入り初日、六月十日。私の、二十二回目の誕生日の出来事だった。

第一章

雨夜に香辛料

一

おかあさん、わんちゃんいるよ。

その犬と出会ったのは、五歳のときだった。春、紡《つむ》いだ絹糸のような雨が、途切れず降りそそいでいた日だった。

当時住んでいたアパートのゴミ捨て場。母との買い物の帰り道、私はその子を見つけた。雨に濡れて歪んだ厚紙の箱の中に、小さな焦《こ》げ茶色の塊《かたまり》が震えていたのだ。

私は買ってもらったばかりの、名前と同じ茜《あかね》色の傘を差しかけた。唐突に影がかかったからか、仔犬はビーズのように小さな目を開けた。きゅう、と鳴き声がした。呼吸のなりそこないのような声だった。

母は私と仔犬を見比べて、明らかに困った顔をした。でもすぐさま意を決したように、湿った箱を抱え上げた。あーちゃん、お母さんに任せなさい。

仔犬は三角の耳をぺたんと垂らしていた——のちにこの耳は、ぴんと天に向かって立つようになる。とろんとしたチョコレート色の毛並みに、黒い小粒の瞳は切れ長で凜々《りり》しい。まだ赤ちゃんで、手足も短くて細かく震えていたけれど。でもこの犬は、とてもかっこいい子だ。母の腕の中の箱に傘を差しかけながら、幼心《おさなごころ》にそう思った。

「すっごい美味《おい》しそうじゃないですか？」

スマホの画面を突きつけられて、物思いがぱちんと途切れた。バイト先の後輩である穂積《ほづみ》さんが、向かいから少し身を乗り出して私にスマホを見せてくれている。グロスできらめく唇が、綺麗《きれい》な弧を描いていた。

昨日の雨を引き継いだように、今日は朝からずっと悪天候が続いていた。激しくはないが、細く長く途切れない雨。ちーちゃんとの出会いの日と同じ空模様だったからか、古い記憶を思い出していた。

母から荷物が届くはずなのに、雨なんて業者さんに申し訳ないな。未だぼんやりしつつ、差し出される画面に目を向ける。スマホには、どうやって食べるんだという大きさのメロンが突き刺さった、前衛アートみたいなクレープが映し出されていた。

昨日食べたケーキの生クリームの油分が舌に蘇《よみがえ》り、水筒の紅茶を喉《のど》に流し込む。氷を入れてくればよかった。バイト先のバックルームは、どうにも蒸し暑い。

「去年の末にオープンしたっぽいんですけど、ここから近いんですよ」

「……あ、ここ」

どこかと思えば、昨晩壁に寄りかかってしまった店だった。昨日の今日で話題に上るなんて、ある意味縁がある。

「私のアパート、そのお店の近く」

「えー、いいな、食べたいときに食べられますね」

にこにこ笑う彼女に曖昧《あいまい》な相槌《あいづち》を打っていると、穂積さんがタップしたスマホの画面、待ち受けになっている白い文鳥が見えた。「可愛《かわい》い」と思わず呟《つぶや》く。

「あ、替えたんですよ、待ち受け！　このショットが過去最高です、暫定《ざんてい》」

改めて見せてくれた画面では、穂積さんの肩に乗った文鳥が羽づくろいをしている。つぶらな瞳は吸い込まれそうに黒く丸い。

「まあこれ水浴びのあとだから、私も肩とか顔とかびしょびしょになったんですけどね」

「へえ、水浴びするんだ、文鳥って」

「しますします、うちの子大好きなんですよね」

穂積さんは加えて水浴びの動画まで見せてくれた。真っ白なその子は、名をもめんちゃんというらしい。

「秋尾《あきお》さんはペット飼ってないんですか、ご実家とか」

「昔だけど、犬飼ってたよ」

「わんちゃん！　可愛いですよね」

反射的に過去形で話してしまったから、気まずい思いをさせないように「すごい賢い子でね、なんかほぼ弟みたいな感じ」と明るく続ける。

「母とケンカしたときとか、どっちについたらいいか困って深刻な顔するんだよね。おかげで仲直りするしかなくて……ていうか、真剣に悩んでるとこ見てるとケンカしてるのが馬鹿《ばか》らしくなって、二人して笑っちゃって」

私たちのバイト先である喫茶ルピナスは、レトロな内装や雰囲気が売りの店だ。ホールにはいつも古いジャズのナンバーがかけられていて、今もバックルームまで音が微《かす》かに届いている。いつもなら明るく華やかなサックスが会話のBGMになってくれるのに、今日は妙に雨音が耳に近い。

穂積さんは微笑《ほほえ》ましそうに目を細めた。

「お母さんと仲いいんですねえ」

「……んー。言われたらそうかも」

笑ったタイミングでバックルームの扉が開き、顔をのぞかせたバイトの瀬谷《せや》くんが、「すみませんレジヘルプで！」と焦った声で叫んだ。「私出るね」と先に休憩に入っていた私が立ち上がる。

「すいません秋尾サン、まだ休憩時間っすよね？」

「いやもうそろそろだし、このまま出るよ。空いてきたら瀬谷くん休憩入って」

「うー、神！　あざます！」

バイトの中で最年少の高校生は、早足でホールに戻っていった。扉付近のレジへ向かえば、より雨音が強くなる。

母の笑顔を思い出そうとするとき浮かぶのは、いつも十年以上前。ちーちゃんがいたころのそれだ。今年のはじめだって帰省して、テレビを見て二人でふつうに笑ったりした。はっきり覚えている。しかし私の脳はどうしてか、記憶の中の母の顔をアップデートしなかった。今の彼女がどんな顔で笑うのか、知っているはずなのにわからない。

昨日の誕生祝いのメッセージも、母はどんな顔で綴《つづ》ってくれたのだろう。会計を終えた客が扉を開けると、もっと強い雨音が鼓膜を打つ。

二

チャイムを鳴らすと、一拍置いて「はーい」と応《こた》えた声は綾乃《あやの》さんのものだった。

「あら、茜《あかね》ちゃん」

梅雨《つゆ》に入り、空気は時と場所を選ばず常にむわりと重たい。自律神経をかき乱す気候の中、玄関から出て来た綾乃さんは美しい黒のワンピースを着ていた。

アパートみなと荘の管理人、綾乃さんはもう七十になるとこの前言っていた。しかしいつだって彼女のたたずまいには、歳《とし》を感じさせない新鮮な力がみなぎっている。

ご飯時にすみません、と小さく頭を下げる。

「これ、よかったらもらってほしくて」

手に提《さ》げたビニール袋を持ち上げる。なるべく隙間《すきま》がないように詰めたから、茄子《なす》やキュウリたちが中でぎゅうぎゅうにひしめき合っていた。

「私じゃ無駄にしちゃうので……今年は特によくできたそうなんです。綾乃さんに料理してもらうほうが、野菜たちも報われるだろうと」

受け取った袋の中身を見て、綾乃さんは顔を綻《ほころ》ばせた。

さっき、家に帰るとほぼ同時に宅配業者がやってきた。母から届いた荷物に、ぎっしり詰まっていたのがこれだ。

母方の祖父は定年退職してから、家庭菜園を趣味にしている。少々いびつながらも瑞々《みずみず》しいそれらは、母を経由していつも私に行きついた。私は自炊《じすい》をしないと知っているはずなのに、「お世話になってるひとに配って」と採れるたびに送ってくるのだ。

それらを、私はよく綾乃さんに有効活用してもらっていた。彼女はアパートの管理人をする一方で、小料理屋〝まあ屋〟を営んでいるくらいの料理好きだ。たまにお裾分《すそわ》けしていただくおかずはどれも格別に美味しく、完全な味覚で味わえないことが申し訳なくなるほどだ。

入居当初から、こういった食材や料理の差し入れという形で、綾乃さんとは地道な交流が続いている。このご時世に少しめずらしいだろう、ご近所づき合いというやつだ。

「茜さん？」

部屋の奥から聞こえたのは、傘の下で聞いたときよりクリアな声だった。玄関に姿をのぞかせた千裕《ちひろ》くんは、紺《こん》のエプロンを身につけていた。

「昨日はありがとう」とゆるく手を振ると、かしこまった会釈を返される。

「昨日って？　なんかあったの？」

ドアノブに手をかけたまま私たちの顔を見比べる綾乃さんに、傘がないところを助けてもらったことを私から説明した。傘というか、気分を悪くしていたところを、だけれど、そこは割愛する。

「なので、これはそのお礼も兼ねて……ごめんね千裕くん、甘いものをと思ったんだけど、バイト先のケーキも今日は売り切れちゃって。また今度、何か持ってくるよ」

「いや、そんなの全然、気にしないでほしいですけど」

玄関までやってきた千裕くんは、高い上背で祖母の肩越しに袋の中を見下ろした。そこに詰められている、はちきれんばかりに膨らんだ茄子や緑の濃いキュウリを見て、その顔があからさまにぱっと明るくなった。表情の起伏は少ないのに、切れ長の眼差《まなざ》しが雄弁だ。野菜、好きなんだろうか。さりげなく観察していると、「冷やし中華もいいなあ」なんて言っていた綾乃さんが、突然顔を上げた。持っていた袋を千裕くんに押しつける。

「そうよ、カレー。茜ちゃんキーマ好き？　千裕が作ったんだよ、たくさんあるから持ってって！　いいよね？」

迷うそぶりも見せず千裕くんはうなずいた。私の返事を聞くより早く踵《きびす》を返した綾乃さんの小柄な背が、部屋の奥へ消えてしまう。

実は玄関を開けてもらうよりも前から、今晩カレーなんだな、とわかってはいた。アパートの外階段を下りた時点で特有のスパイシーな香りが漂っていて、１０１号室に近づくにつれ強くなっていたから。

でも、それは綾乃さんが作っているのだと思っていた。

「料理、得意なんだね。綾乃さんといっしょだ」

「ばあちゃんほど上手じゃないんで、期待しないでください」

野菜好き、というより、料理好き、が正解のようだ。野菜の袋を抱えたままの彼に、「所詮《しょせん》趣味なんで」と予防線を張られる。

「私は自炊しないから、それだけですごいけどなあ」

綾乃さんみたいに料理を仕事にできるひとも、家で作るひとも同じ度合いで尊敬してしまう。何せうちには炊飯器《すいはんき》すらないのだ。

「ちゃんと、食べてます？」

遠慮がちにそう聞かれた。母からのメッセージを思い出して反射的に肩を強張《こわば》らせると、彼は慌《あわ》てたように「いや、すみません、失礼でした」と頭を下げた。

「すごく、痩《や》せてるから……いや、これも失礼ですよね。すいません」

「んーん。ちゃんと食べてる？　って、綾乃さんも言う」

祖母と孫だね、と気にしていないふうに笑うと、彼の肩からわずかに力が抜けた。

広くて薄めの肩だ。昨日も思ったけれどすらりとした子で、カラーリングやピアスをしていなくても抜け感がある。たかが五、六年の差。遠いわけではないが、しかしすでに成人している私とは明らかに世代を画していた。なんだか別の生きもののようだ。

昨晩の学生服姿よりは大人っぽいな、と思ったところで、そういえばこの子学ランだった、と気づいた。綾乃さんが冷やし中華も、と言ったように、もうずいぶん蒸し暑くなっているのに。今だって、彼が着ているのは長袖《そで》のシャツだ。

着ていた学ランは、近くの公立高校の校章がついていた。高校二年生と言っていたから、入学のために居を移したのではないだろう。制服のこなれた感じから見ても、転校してきたとは思えない。とすれば、元々近くに住んでいたのか。

どうして、このアパートに来たのだろう。

「あの……甘さがわからないって、昨日言ってたの。あれ、……生まれつきなんですか」

ぎこちなく尋《たず》ねられて、無粋な詮索《せんさく》から意識が引き戻される。

綾乃さんは彼を紹介してくれたとき、どうしていっしょに住むようになったのか理由は語らなかった。つまり、他人が深入りすべきでない事情ということだ。

詳しく聞きたいなんて野次馬根性もない。私だって他人に話したくないことはある。だから彼の質問も、なぜそんなことを聞くのかと気になりつつも適当にかわそうとした。なのに千裕くんの黒い瞳に見つめられていると、へたな言葉が出てこなくなる。

私、この子ともっと前に、会ったことがあるかしら。思い返してみても、やっぱり私の人生の中で、〝ちーちゃん〟はあの子はしかいなかった。

部屋の奥のほうで、かちゃかちゃと食器が触れ合う音がしていた。絶えず漂ってくるスパイスの利いた空気に触れ、舌がぴりっと痺《しび》れた気がした。

「生まれつきじゃないよ。でももう慣れたし、そんなに大変でもないの。昨日は例外……あんまり、ひとに話さないから」

慎重に言葉を選んだ。「綾乃さんにも言ってないくらい」と、言外に内緒にしてほしい、とお願いする。千裕くんはすぐに察してくれて、微かに顎《あご》を引いた。それと同時に、深型の器《うつわ》を持った綾乃さんがキッチンから戻ってくる。

「ゴメン、ちょうどいいタッパーがなかった。まあでも匂い移りするしね。これ食べて。私も味見したけど、美味しかったから。ね！」

千裕くんの背を、自慢するようにぽんとはたく。差し出された青磁色のつるりとした器の中、湯気でラップが曇《くも》って中はわからないけれど、ぎりぎりまで盛ってくれたことだけわかった。受け取った器の底はすでに温かい。

「そういえば今日もバイトだったって言ってたけど、働きすぎじゃない？　体が資本だよ」

「明日は休みですから、ちゃんとゆっくりします」

私が器を受け取ると同時に、たぶん、頬《ほお》に触れようとしたのだと思う。しかし綾乃さんは上げた手をすぐに引っ込めた。

晒《さら》されている腕は細いが、歳に抗《あらが》えない肉がわずかにたるんでいる。デコルテは骨や筋がこわいくらい浮き出ていた。でも、露出した肌は妖艶《ようえん》ではなく快活だ。どこをとっても、すっきりと清潔なひとだった。

大学一年の夏、自転車で派手に転び、腕を血塗《まみ》れにしてみなと荘に帰ってきたことがある。自転車をなんとか停めたときに、ちょうど目の前の部屋から出てきた綾乃さんと出くわしたのだ。私は恥ずかしくて逃げるように自分の部屋に引っ込んだのに、それからすぐ、彼女は救急箱片手に私を訪ねてきてくれた。てきぱきと手当てをしてくれて、次の日お礼にうかがえば、今度は塩と出汁《だし》だけの卵焼きをわたされた。お礼を持ってきたのはこちらだから、と固辞しようとしたのだが、「余りだから」と押し切られてしまった。「ちゃんと食べるんだよ」と。

そのときからずっと、私と綾乃さんの〝ご近所づき合い〟は、一定間隔で続いている。

「ちゃんと食べて、しっかり寝るんだよ」

「……大事にいただきます」

綾乃さんと千裕くんそれぞれに頭を下げて、部屋に戻った。器を落とさないように、そうっと階段を上る。

帰って、キッチンの戸棚を漁《あさ》る。確かレンジで温めるタイプのご飯が、まだあったはず。自炊しないというのは謙遜《けんそん》でもなんでもなく、文字通り、しない。食材が傷《いた》んでいたり異物が混入していても、わからない可能性が高いからだ。

料理をしないと話すと、お米くらいは炊《た》いたら、とよく言われる。でも、まずご飯自体が好きではないのだ。甘さを感じなくなって困ったものの筆頭が、白米だった。

お米は本来の甘みを失うと、とたんにべたべたとした噛《か》みごたえの、食べ物と思えない味になる。独特の匂いだけ残って、口に入れているのが苦痛なときもあるくらいだ。ふりかけなり佃煮《つくだに》なり、とにかくお供が必須の鬼門の一品だった。

いただいたカレーのラップを取ると、均等に刻まれた野菜と挽肉《ひきにく》がみっちりと詰まっている。凝縮された香りが、ふわっと部屋の空気を塗り替えていく。

さすがに量が多いので、半分を別の皿に移した。十分温かそうだったけれど一応レンジで温めて、棚から出したレトルトのご飯も続けて温める。

ボタンを押し、ご飯のパックにオレンジの光が当たるのを眺めた。振動する分子。

――味覚障害。一口にそう言っても、その症状は様々だ。味覚がすべて働かなかったり、本来と異なる味がしたり、何も食べてなくてもいやな味がしたり。五種ある味覚――甘味、塩味、酸味、苦味、うま味のうち一部が機能しない症状は、解離性味覚障害、という。

私の場合は、甘み全般がわからない。スイーツなんかの砂糖の味だけでなく、果物の果糖の甘さも、米や肉の脂《あぶら》の甘みも感じない。甘辛い味つけの料理も、わかるのは塩気だけ。甘酸《あまず》っぱい味もぼやけた酸味だけ拾うことになるから、発症した当初は傷んでいるように感じられて苦労した。今はもう慣れたけれど、未だに食物としてアウトかどうかの判別がつかないときがあるので、一貫して自炊という〝リスク〟を取らないでいる。

温まった白米を、カレーの器に直接投入する。洗い物を増やすのがいやだから。ダイニングのテーブルに、氷を入れたグラスいっぱいの水とカレーライスを並べる。

手を合わせる。行儀悪くも、スプーンの先で米とルーを丁寧に混ぜた。米粒一つ一つをカレーでコーティングしていく。一口頬張る。

「……からっ」

口の中から喉まで、粘膜がひりひりしてくる。水を、いや、次の一口がもっと辛くなる。グラスに伸ばした手をきゅっと握り、またスプーンを動かす。

口いっぱいのスパイスの香りが鼻腔《びこう》まで満ちていく。市販のルーで作るカレーや学食のそれより、ネパール人が営む大学近くのお店のカレーに近かった。もしかしてスパイスとか、自分で配合しているのだろうか。プロじゃないか、千裕くん。

均等に刻まれた、やわらかいけれど崩れていない野菜を嚙みしめる。まだ少しだけしゃきしゃきしている玉ねぎたち。砕いたナッツ類（胡桃《くるみ》だろうか）が入っているようで、不規則な食感が私にはうれしかった。

ルーの中に惜しみなくぎゅうぎゅうに詰まっている挽肉を嚙むたび、動物性のうまみがぎゅっと滲《にじ》みだす。きっと他のひとなら、肉や野菜の甘みと塩気が調和したのだろうけれど。私にはその緻密《ちみつ》なバランスはわからない。でも十分、十分以上に、美味しい。

私には、〝甘み〟というものがぽっかりと空洞に感じられる。味の中の〝甘い〟の部分だけ、空気を噛んでいるようにどこを探っても何もなくて、透き通っているのだ。甘いものを食べると、自分の中に食べた空虚が居座るような感覚がしていやだった。昨日もケーキを食べたあと、お腹《なか》に穴が開いたような気がして、みんなの厚意が体を素通りするようで苦しかった。

でもこのカレーを食べていると、刺激的でにぎやかなもので、自分の中がぎゅうぎゅうに満たされていく気がした。一口食べるたびに胃の中心にあるむなしさが、力強い香辛料に消し飛ばされていく。

スプーンで最後のお米の粒まですくって口に入れる。飲み込んでから、冷えたお水をぐいっと呷《あお》った。熱を持つ口の中と喉を、冷水がするすると洗い流していく。

ごく、と嚥下《えんか》する音が喉から思いの外《ほか》大きく響いた。背後の床に手を突いて息を吐く。体が温かくて、指先の毛細血管までしっかり血潮《ちしお》が巡っている気がした。額に浮かんだ汗を指の背で拭《ぬぐ》ったところで、自分が熱心に食事をしていたことが妙に気恥ずかしくなった。

口の中の粘膜はまだひりひりと熱を持っている。食事をした、という感じがした。

このまま横になりたいくらいだが、怠惰《たいだ》な自分に活《かつ》を入れて器をシンクに持っていく。残っている分は、チーズをかけて焼いてもいいかもしれない。カレードリア、しばらく食べてないな……。そんなことを考えて、はた、とスポンジを泡立てる手を止めた。

明日のご飯を楽しみにするなんて、いつぶりだろう。

今の味覚でも、ご飯を食べて、美味しい、と思える。しかし甘みというものが生活から欠けて以来、食事は私にとってエネルギー補給の作業になってしまった。美味しいほうがもちろんいいけれど、お腹が膨れればそれで十分と思ってしまう。いかに効率よく燃料を蓄えるかという作業に、喜びを見出すことは難しかった。

でも私はちゃんと、美味しい料理を、美味しいと思って食べられるのだ。ちゃんと食べて、生きていける。

洗い物や入浴を終えて、就寝前に母にメッセージを打ち込んだ。送ってくれた荷物のお礼と、今晩はカレーを食べた、という報告だった。

翌日、洗ったお皿を返しに向かうと、出てきたのは千裕くんだった。私の手にある器を見て、その頬がわずかに強張った。

ぴかぴかに洗った器を差し出す。

「すっごく美味しかった。ごちそうさまでした」

彼は、じれったいくらいゆっくり微笑んだ。不安定な、その機能を久々に使ったような笑い方だった。

そこで気づいた。そうか。だからあの雨の日、私は適当な方便も言えず、彼に本当のことを話してしまったのだ。

この子、ちーちゃんに似てるんだ。

十年前、甘さを感じる味覚とともに失った、私の家族のちーちゃんに。

三

飴《あめ》のようにつやつやの濡れた瞳が、仔犬をぬいぐるみではなく生きものに見せていた。

私と母だけだった秋尾家にやってきた、か弱い仔犬。その子に、私は「チョコ」という名前をつけた。由来は単純、チョコレート色の犬だから。

しかし結果的に、彼の名前は「ちーちゃん」で定着した。母が私を「あーちゃん」と呼ぶように、犬のことも「ちーちゃん」と呼んだからだ。私は親の言葉をすぐに真似る子どもだった。彼がチョコと呼ばれたのは、結局最初の二、三日だけだった。

ちーちゃんがうちに来てから三か月が経《た》ち、正式に家族になったとき。ワクチン接種から帰ってきたちーちゃんは、まずケージから出てこなかった。まるで置物のようにケージの中のブランケットの上でじっとしていて、たまに鼻をひくつかせたり、しっぽをゆらりと動かして自分が無事であることを示していた。

あーちゃん、びっくりさせちゃだめよ。一時保護状態だった間、私はとにかく母の言いつけを子どもなりに守った。いきなり触らない、大きい声を出さない、躾《しつけ》以外はなるべく自由にさせてあげる。本当は撫《な》で回してめいっぱい抱きしめたかったけれど、ちーちゃんのためだというから我慢した。

最初のうちは寄りつきもしなかったちーちゃんは、でもいつもあの瞳で私を追っていた。幼い私は一生懸命、ちーちゃんの黒いきらきらの眼差しに気づかないふりをしていた。うかつに触れたりしたら、前に読んだ絵本の人魚姫のように、この子は泡と融《と》けて消えてしまう。そんな気がしていた。

ちーちゃんが我が家の様子を注意深くうかがっていた、そのさなかのことだった。

「あーちゃん、いい加減にしなさい」

母は語気も荒くそう言った。私は拳《こぶし》を握りしめて、つんと顔を逸《そ》らした。

きっかけは先日、父方の祖父母が私に会いに地方からやってきたことだった。父は私が生まれる前に交通事故で亡くなったため、遠方にある父方の親戚とは、これが初対面だった。祖母に「鼻の形がお父さんといっしょね」と言われたのが、くすぐったくてうれしかったことをよく覚えている。

あなたのお父さんはやさしくて、素晴らしい消防士さんだったんだよ——母は、常に彼を過去形で語る。だから、よく寝物語に読んでくれた絵本と同じように、父の話は幼い私にとって現実味のないものだった。

それが父の両親という存在に出会い、おぼろげだった〝父親〟の姿がくっきりと像を結んだことで、興奮していたのだと思う。ふだんどこかに行きたいなんてわがままは言わなかったのに、このときは「また二人に会いたい」と母に強く願い出たのだ。しかし、母はすぐさまそれを却下した。

あとから知った話だが、私が生まれた当初、父方の祖父母と母は少し揉《も》めたらしい。祖父母が、孫を引き取りたいと母に申し出たからだ。母親一人での子育ては厳しいだろうと考えての気遣いでもあったのだろうが、母からすると娘を奪われると不安を抱えていたのかもしれない。今でこそ関係は良好なものの、このころはちーちゃんを引き取ったばかりということもあり、母は常にぴりぴりしていた。それでとっさに娘の願いを拒絶してしまった母と、そんな事情を理解できるはずもない幼い娘。お願いと却下を繰り返すうち、狭いアパートの一室で、私と母は冷戦状態になった。

ほとんど口を利かず、それでも夕飯の時間になって、渋々リビングに出て来たときだった。なんとなくケージに目をやって固まった。ちーちゃんの姿がなかったのだ。

いつでも出られるように、扉は開けっ放しにしていた。黒く簡素なケージの中、くしゃくしゃのブランケットを持ち上げても、あの小さなチョコレート色が見当たらなかった。リビングを見渡しても、あの子の影も形も見当たらない。

「おかあさん、どうしよう、ちーちゃんが」

意地になっていたことも忘れて、私は床に膝《ひざ》をついたまま母を呼んだ。テーブルの下にも椅子《いす》の陰《かげ》にも、ごみ箱の中をのぞきこんでも仔犬の姿は見つからない。

「玄関も窓も開けてないから、必ずうちにいるよ、落ち着いて」

母が半泣きになる私をなだめ、背を撫でてくれたときだった。物音が聞こえてきたのは、ほぼ開けない押し入れからだった。

襖《ふすま》が少しだけ開いていた。ごそごそと聞こえる音の源《みなもと》に近づき、そっと襖を開けると、ちーちゃんはすぐにそこから出て来た。黒い鼻先で、真っ赤なゴムボールを転がしながら。

「あっ」

母が小さく声を上げた。私はそんな母を見上げつつ、膝に転がってきたボールを手に取った。見覚えのないものだ。ないけれどボールには、『あかね』と油性ペンで名前が記してあった。私の字でも、母のそれでもない。もっと角張っていて、一文字一文字が大きい。

「それ……あーちゃんのボール」

「わたしの？」

「うん。お父さんが買ってきたの」

ケンカの発端とも言える父の話題が出たことで身を硬くする。ちーちゃんが私の膝に前足をついてきた感動よりも、母の話に意識が集中した。

「お父さん、昔野球部で……あーちゃんが生まれてきたらキャッチボールしたいって、よく言ってたの」

母は襖をさらに開け、奥のほうから大きめの缶を取り出した。ずれている蓋《ふた》をはずすとそこには、古びたグローブと薄汚れた硬球が数個、窮屈そうに収まっていた。私がひとの話の中でしか知らない、しかし確かにここにいた父のものだった。

「しばらく無理だねって言ったらね、このゴムのやつ買ってきたの。娘専用ボールって。まだ茜の性別がわかったくらいだったのに……気が早いよねえ」

母の荒れた指が、つんと私の手の中のボールを突く。

「そうだった、見たらなんかさびしくなっちゃうから、ここにしまったんだった」

独り言のように続けられたそれに、遅まきながら罪悪感が膨れ上がった。「ごめんなさい」と消え入りそうな声で謝る私を、母は寛容に「お母さんもごめんね」と許してくれた。

「今度また、……すぐには無理だけど、まとまったお休みが取れたら。あっちのおじいちゃんおばあちゃんに会いに行こうね」

うん、と素直にうなずけば、母はようやく肩から力を抜いたようだった。

「これはお父さんが、茜にって買ったものだから。茜がちーちゃんと使ったらいいよ」

ちーちゃん、見つけてくれてありがとね。私の膝をよじ登ったちーちゃんの背を、母がとびきりやさしく撫でた。ちーちゃんは私の手の中のボールを確認するようにすん、と嗅《か》いで、鼻先でつついた。

「……きにいった?」

このとき我が家に来てはじめて、ちーちゃんがわん、と鳴いた。まるで人間がうん、とうなずくように。

そっと抱き上げると、野生の木の実みたいに小さな黒い鼻が押しつけられた。触れた体は温かく、沸々《ふつふつ》と滾《たぎ》るような生命力に満ち満ちていた。

選んでもらえた、と思った。ようやくちーちゃんがこの家を、居場所に選んでくれたのだと思った。このとき私もまた、ちーちゃんに居場所を与えられた。

ちーちゃん、と呼ぶと、もう一度わん、と鳴く。彼が、本当に「ちーちゃん」になった瞬間だった。

このとき私は何がなんでも、精一杯この子を愛そう、と思った。私ができる全部を、きみにあげる。

「——嘘《うそ》つき！」

アパートの外から聞こえた怒鳴り声に、びくっと肩が跳ねた。

卒論の中間発表に向けて、資料作りを頑張っていた——はずなのだが。パソコンと向き合ったまま、いつの間にか寝落ちしていたらしい。速まる鼓動に肋骨《ろっこつ》がつきつきと痛む気がした。いやな目覚め方だ。

現在、十七時三十一分。三十分ほど寝ていたようだ。誤って打ち込んだらしい変な文字列を画面上から消していると、また外からヒステリックな声が聞こえてきた。さっきの声は気のせいか、それかアパート前の道路で、カップルが痴話喧嘩《ちわげんか》でもしているのだと思っていたのだが。聞こえ方からして、声の主はもっと近場にいるようだ。

誰だ、休日に。まさか何かトラブルが？　入居四年目にしてはじめての体験に窓に身を寄せると、どうやら玄関側、階下での諍《いさか》いのようだった。外廊下に出て、手摺《てす》りの上から見下ろしてみる。……あれ、千裕くんじゃないか？

階下で女性に詰め寄られていたのは、やはり黒江《くろえ》千裕くんだった。そして後頭部しか見えないけれど、よくよく観察すれば千裕くんと相対しているのは、どうやら私のお隣さんのようだった。

「警察呼ぶから！」

甲高い声でまくしたてる彼女に対して、千裕くんは遠目にもひどくうろたえている。私は慌てて、外階段をわざと音を立てて駆け下りた。

「ハルカさん、どうしたんですか？」

二人が同時にふり向いた。千裕くんの目が私を認めて、現実に返ったように見開かれる。

私をふりあおぐ女性の姿に、一瞬お隣さんではなかったかと焦った。夜にすれ違うときは常に隙のないメイクを施しているのに、今は眉毛が三分の一くらいしかなかったからだ。高そうなピアスもネックレスもしていない。メイクもしておらずラフな格好をしているから、失礼ながら別人かと思ってしまった。

２０２号室に住んでいるハルカさん。フルネームは知らない。相手もおそらく私の苗字《みょうじ》を覚えていないだろう。私が彼女について知っているのは下の名前と、彼女がホステスをしていることくらいだった。

このアパートでご近所づき合いがある、と断言できるのは綾乃さんだけだ。他はせいぜい挨拶《あいさつ》をするだけ。しかし彼女とは、一度だけ近くのコンビニのイートインで偶然出会い、並んで朝食をとったことがあった。以来、会えば世間話くらいはする仲だ。

目を瞠《みは》ったハルカさんは、まるで私を千裕くんから守るように数歩移動した。

「警察呼んで、こいつ、空き巣なの！」

「ちが、ちがいます」

千裕くんが上擦《うわず》った声で叫んだ。何が起きているのかわからず、私はその場で固まってしまう。必死に反論する千裕くんを、ハルカさんは睨《にら》みつけた。

「綾乃さんの家に入ろうとしてた！」

「えっと、千裕くんが？」

私自身も狼狽《ろうばい》したまま、ひとまず二人の間に入る。第三者の発言に、ハルカさんはぱっちりした目をますます見開いた。

私は彼女がどういう誤解をしているのか、なんとなく理解しはじめた。両手で、千裕くんを紹介するように示す。

「あの、彼、お孫さんですよ綾乃さんの。私、会ってます。綾乃さんも交えて」

「うそ、……そんなの、聞いたことない。だって鍵穴のぞき込んで、ドアノブがちゃがちゃして……」

千裕くんは、自転車置き場の鉄柱を背に立っている。眉を下げながら、目の前にある101号室の扉をちらりと見やった。

「鍵穴の調子が悪いみたいで……鍵が、入れづらくて。何か詰まってるのかと思って、見てただけです……」

そろそろと彼が開いた掌《てのひら》、そこにある鍵を見たとたん、ハルカさんの顔は音が聞こえそうなほど一気に青くなった。

誤解が解けると、あとは呆気《あっけ》なかった。すごい勢いで勘違いを謝りつづけるハルカさんと、憔悴《しょうそう》した様子で頭を上げさせようとする千裕くん。あきらかに建設的な会話ができる状態ではなかったので、「事故ですよ、誰も悪気はなかったわけですし、ね?」と私が場を取りなすことになった。さながら使えない弁護士だ。

最終的には、土下座に移行しそうなハルカさんをなんとかなだめ、ひとまずその場をお開きとした。泣きそうな顔で何度も頭を下げる彼女に、千裕くんは怒るどころかむしろ身を小さくしていたほどだった。

ハルカさんが自分の部屋に戻るのを見届けて、千裕くんをふり返る。

「……大丈夫?　災難だったね」

「だい、じょうぶです。すみません助けてもらっ、あっ」

　自転車置き場のコンクリと地面は、少し段差がある。千裕くんはそこに足を取られてよろけた。転ばずにはすんだものの、その顔色はさっきのハルカさんに負けず劣らず、紙のように白い。

「綾乃さん、帰ってきてないの？」

「あ、友達のとこに行ってて……それで、身の潔白が証明できなくて」

　ハルカさんは千裕くんの存在を知らず、101号室は鍵の調子が悪く、綾乃さんも不在。おそらく千裕くんが制服ではなく私服だったことも、疑いに拍車をかけたのだろう。さすがに誤解するにも早計とは思うが、言ってしまえば不運が重なった末の事故だったわけだ。

　千裕くんは袖で額を押さえている。青白い皮膚《ひふ》に、汗が丸くぽつぽつと浮かんでいた。

　このまま、部屋に帰して大丈夫なのだろうか。自分より上背のある青年が、就学もしていない小さな子どものように頼りなく目に映る。それとも、一人にしてあげたほうがいいのか。

　自分が高校生のころ、親や教師のお節介に辟易《へきえき》していた。一方で、あのころはどうしようもなく子どもでしかなかった、とも思う。躊躇《ちゅうちょ》する私の中で、数日前の傘とカレーの恩が頭をもたげる。

「私、コンビニ行こうと思ってるんだけど、いっしょに来る？」

ゆっくり瞬いた千裕くんは、下唇をうっすら噛んでうなずいた。


数日前に気まずい帰路をともにした相手と、同じ道を今度は逆からたどる。私の数歩後ろを無言でついてくる千裕くんをうかがえば、また額に袖口を当てていた。「こっち日陰だから」と無理やり車道側に出て、彼を少しでも日差しから守ろうとする。

梅雨とはいえ、もうほぼ夏といっていい。日は傾きかけていても湿気が多い分、暑さはまとわりついて離れてくれなかった。千裕くんは、今日も長袖のシャツを着ていた。その袖口を引っ張る指先が白い。

入ったコンビニの中では、もうすでに冷房が稼働していた。適当にシャーペンの芯やカップラーメンなんかを物色する私とは対照的に、千裕くんは店の隅《すみ》で、邪魔にならないように立っていた。

レジで、アイスコーヒー二杯分の代金をいっしょに払う。コーヒーマシンから注いだ一杯を千裕くんに手渡し、イートインに並んで座った。奇《く》しくもまだ私が入居したばかりのころ、ハルカさんと並んで朝食を食べた席だった。

「気分悪くない？」

「大丈夫です」という返答は事実とは言い切れないだろうが、それでもさっきより血色が戻ってきている。袖口をいじっていた長い指が、コーヒーのカップに浮かぶ結露を撫ぜた。恐縮した様子で礼を告げられる。

こくりと息を呑《の》む音が、溶けた氷が崩れる音に重なって聞こえた。

「女のひとの怒鳴り声が、苦手で。ありがとうございました……あのままだったら、警察呼ばれてたかも」

うつむく千裕くんの髪が、彼の横顔をぱらぱらと横切る。私は「気にしないで」と返しながら、通りに面するイートインの磨《す》りガラス越しに、ぼやけた人型の往来を眺めていた。お互い、何も喋《しゃべ》らずコーヒーを飲んでいた。数日前、同じ傘の下にいたときは、居心地の悪い沈黙を味わったりもした。けれど今は、ただ静寂が穏やかに場を満たしている。コーヒーの苦味と酸味が、じんわりと舌に馴染《なじ》んだ。

コンビニを出ると、私たちはどちらからともなく話しはじめた。はじめは無難に天気の話をしていたが、そのあとふつうのカレーよりキーマカレーが好きなのか、と前にいただいた料理について聞いてみたりした。千裕くんは私の話に淡々と、しかし丁寧に相槌を打ってくれた。ちなみにキーマは野菜を黙々と刻むのが好きだから作っただけで、ふつうのカレーも好きらしい。野菜を刻みたくなるときがあるなんて、料理をするひとの思考回路はよくわからない。

たらたらと雨水が雨樋《あまどい》を伝い落ちるように、明日には忘れていそうな無駄話が続いた。千裕くんは私の買った物を代わりに持ってくれた。

彼から同級生がお弁当にケンタのパーティバーレルを持ってきた話を聞いていたとき、ふとあの壁が目に入って足が止まる。つられて立ち止まった千裕くんに、「ちょっと待ってて」と軽く手を挙げた。

「あ、チョコとフルーツなら、どっち好き?」

「え?　え、チョコ……ですかね」

「了解」

戸惑う彼を放って足を踏み入れたのは、クレープ屋だった。あの雨の日に、千裕くんが声をかけてくれたところだ。

「ツナマヨと、あと……チョコブラウニースペシャルで」

チョコ系で、いちばん豪華なのにしよう。焦ったように通りから名を呼ばれたのが聞こえたけれど、さっさとお会計を済ませる。二つのクレープを手に戻れば、千裕くんは私の買い物を手に、困り果てたように唇を引き結んでいた。

「美味しいカレーと傘のお礼。甘いもの、結局持っていけてなかったから」

ブラウニーにバナナ、生クリーム、チョコレートアイス、それら全体にかかっているラズベリーソース。こぼれそうなほどトッピングがあふれるそれは、小さな花束のようだった。

「も、……もらえません」

「まだ気分悪い？」

「いえ、でも、助けてもらって、コーヒーまで……あ、お金、あとで払います」

「年上の顔を立ててよ。ほら、アイス溶けちゃう。きみ以外に食べられるひとがいないから、悪いけどいやでも食べて」

ずるい言い回しをして、カラフルな紙に包まれたクレープを押しつけるように持たせる。ぴんと尖っていた生クリームの先も、この暑さでもう丸みを帯びていた。

「私もね、味覚がこうなる前は、甘いもの好きだったの。だからこういうとき、甘いものが必要なの、わかるんだ」

それは私がもうこの先、再び体験することのないだろう感覚だけど。

彼は、痛ましそうな目をした。哀《あわ》れむのではなくて、痛みに寄り添う眼差しが、やはりちーちゃんを思わせた。長い指が、壊れ物に触れるようにクレープを受け取ってくれた。

空の端に濃いオレンジが滲みはじめていた。二人の影は長く、重なることなく歩道に伸びる。コーヒーを飲んでいたときのように、ただ無言でクレープを食べながら歩く。

数日前にはじめてまともに会話をしたご近所さんと、食べ歩きをしている。妙なものだ。

そもそも誕生日会を開いてもらったあの夕食が、久々の誰かとの食事だったのに。それから一週間と経たず、また他人といっしょにものを食べることになるとは。

就活の準備が始まるまでは、私も友人たちと食堂に集まって食べたりしていた。けれど講義が少なくなってからは、大学で食べる機会自体が失われてしまっていた。恋人もいない一人暮らし、食事に栄養補給以外の意味を見出すこともない私が、ひとをカフェや飲み屋に誘うこともない。だからここ最近ずっと孤食が続いていたのに、いきなり、〝誰かとのご飯〟の機会が連続して舞い込んでいる。

クレープを食べるのは、実に十年以上ぶりだ。まだ味覚が欠損することなく働いていた、子どものころ以来だった。

少しずつ、ぱりぱりの生地をかじっていく。野菜は思ったより鮮度がよくしゃきしゃきしていた。ただ生地はやはり甘めなのだろう、もそもそとした舌触りしか感じない。中心にあるツナマヨは、よく知る味の中に何かの香辛料の風味があった。

美味しい、けれど、やっぱり自分一人だとわざわざ食べない味だ。

カラフルなアイス、ふわふわのパンケーキ、ＳＮＳ映えするフラペチーノ。中学高校と、下校のときも遊びに行くときも、友人の女子たちは甘いもののもとに集まった。女の子の必修課程。

スイーツは、我慢すれば少しなら食べられる。けれど好んで食べたくはない。ケーキの生地はぼそぼそした食感ばかり気になるし、フラペチーノは香りがあるだけで口に入れると無になる。生クリームがいちばん苦手だ、油っぽく舌にまとわりついてくる気がする。友達が好んで口にするものの良さを、私の舌はもうわかってくれない。

「甘いもの苦手なんだよね」とつき合いの悪い私にも、友達はもちろんいる。高校の同級生とは今でもたまに連絡を取り合う仲だ。しかし彼女たちの好みと趣味の輪は、私の輪とは〝ずれ〟が大きい。

高校生のころだ。下校していたとき、友人たちがクレープを食べながら歩いているのが見えて、とっさに隠れたことがあった。誘われなかったわけではない。誘ってもらったのに、私が断ったのだ。だからふつうに声をかければよかっただけなのに、どうしてかできなかった。別の道を通って、早足で家に帰った。

みんなが楽しむものを同様に楽しめないということは、世界から居場所を一つ取られるようなもの——と、そんなふうにやけに悲観していた思春期だった。通り過ぎた時間を思い出してちょっと感慨に耽《ふけ》りつつ、機械的に顎を動かす。

あの日だって誘いに乗って、おかず系クレープを食べたらよかったのに。でも、あのころの私はできなかったんだな。そう考えて、ふとかたわらを見る。千裕くんが、溶けたアイスと格闘していた。

夕方とはいえ暑くなってきた時期だから、アイスがやわらかくなるのが早いのだろう。そのせいで刺さっているブラウニーも倒れかけているし、ゆるくなった生クリームも垂れ落ちそうだ。トッピング盛りだくさんのクレープをなんとか綺麗に食べようと、青年は四苦八苦していた。

見ていると目が合った。きゅ、とお互いに一度閉口する。

「……笑わないでください」

「……、ごめん……、っふふ」

笑いをこらえてこほ、と噎《む》せる。それでも口元がゆるんでしまって、クレープを食べるふりでごまかした。千裕くんには申し訳ないけれど、今のクレープと戦っている姿は、なかなかに可愛かった。お店なみの本格派カレーも作れてしまう男の子の、子どもらしいワンシーン。

肩の震えを殺しきれないでいると、千裕くんは諦《あきら》めたのかふっきれたのか、犬歯がのぞくくらい口を開けて、クレープにがぶりとかぶりついた。大きな半月型に生地が切り取られる。気持ちのいい食べっぷりだった。

真似して、私も大きく口を開けて食べてみる。ジャクッと歯を楽しませるレタスの中から、ツナの油とマヨネーズが滲みだす。味の濃いそれは、嚙んでいく内にクレープ生地のおかげでいい塩梅《あんばい》になっていく。

やはり、もう一度食べたいと思う味ではない。でも、黙々と食べすすめる。

半分ほど食べ終わったところで、「茜さん」と呼ばれた。目だけ動かせば、千裕くんはもうほとんど食べ終わっていた。

「ありがとうございます。元気、出ました」

色がなかった唇は珊瑚《さんご》色に戻っている。その薄い唇を、彼は気まずそうにまごつかせた。

「どうしてなんですか」と彼はまた囁《ささや》くように言った。

「理由、あるんですか。甘さが、わからなくなったの」

あんなに甘ったるそうなものを食べていたのに、ほろ苦い声色《こわいろ》だった。私はクレープの周りの紙を、ぺりぺりとりんごの皮むきのように剝がす。

「病気っていうより、精神的なものらしくて。私もよくわかってないんだよね」

ここまでひとに打ち明けたことは、今までなかった気がする。そもそも味覚のことだって、高校に入って以降は本当にごく少数にしか知らせていなかった。中一のときに隠さなかった結果、クラスメイトの男子が私の給食にガムシロップを入れる、という馬鹿らしい事件が起きたからだ。真面目な担任が問題視して、向こうの親まで呼び出す事態になった。それから余計なトラブルを避けるために、親しい友人にも口外していない。ただ聞かれたら苦手、とだけ伝えるようにしていた。

「子どものころは甘いものよく食べてたんだけどね。母が料理好きで……きみといっしょだね。よく手作りのお菓子作ってくれた」

母は女手一つで私を育ててくれたが、私に不自由な思いなんてちっともさせなかった。特にご飯に関しては。本人が料理好きだから、プライドみたいなものがあったのだと思う。

小学校から帰ると、ダイニングテーブルにはよくクッキーやカップケーキが用意されていた。母手作りのお菓子と犬用のおやつを持って、近くの河原までちーちゃんを連れていく。そこでボール遊びをして、しばらく体を動かしたらちーちゃんとおやつを食べる。そして、日が暮れる前に家へ戻る。それが小学生の私の日課だった。

「私、小さいころ犬飼っててね。その子も甘いものが好きだった。あ、ケーキとかじゃないよ。果物とかさつまいもとかね。健康のために、あんまりあげられなかったけど。大好物だったなあ」

甘いものをよく、一人と一匹で分け合っていた。

犬は人間ほど味覚が鋭くないけれど、それでもいちばん強く感じるのは甘みらしい。ちーちゃんも例に漏《も》れず、みかんやさつまいも、かぼちゃなんかが好きだった。子どもの私とちーちゃんは、そろって甘党だったのだ。

チョコレート色の犬だから、チョコと名付けた。でもその名前の由来は、半分は方便だ。幼い私も千裕くんと同じようにチョコレートが好きだったから、単に大好きなものの名前を与えたというだけ。犬自身が食べられないものの名前をつけるなんて、ネーミングセンスに欠けるけれど。

「仲が、よかったんですね」

私の言い回しから、千裕くんはもうあの子がこの世にいないことを察したのだろう。花をそっと置くような、凪《な》いだ言い方だった。

あの子に似た瞳に見つめられると、胸がつきん、と痛んだ。

「うん、とっても」

その子の名前、ちーちゃんっていうの。とは、さすがに言えなかった。

アパートまで着くと、千裕くんは改まった様子で私に頭を下げた。しゃちほこ張った礼儀正しさに、逆に困ってしまう。

「あのカレーの美味しさに比べたら、大したことじゃないけどね」

彼がまたお礼や謝罪を口にしそうだったので、先手を打って笑ってみせる。１０１号室の窓には明かりがついていた。もう綾乃さんも帰宅しているようだ。それでも千裕くんはうつむきぎみなので、その負い目みたいなものを少しでも軽減してあげようと、「私も夕飯すんだし、ちょうどよかった」とひらひら手を振ってみせた。

　それがいけなかった。動きを止めた彼の切れ長の目が見開かれ、まじまじと私を見下ろした。

「ご飯、いつもそんな感じなんですか」

「あ……いや、まあ」

「だからそんなにガリガリなんですか」

「が……」

　ガリガリ、というほど、痩せてはないと思うけど。

　キャンパスにいる女子たちを引き合いに出したいけれど、できるはずもなく。言葉に詰まる私に、千裕くんの顔つきはますます険しくなっていく。「買ったものもカップ麺《めん》ばっかりだし……」と持ってくれていたビニール袋を見下ろされたので慌てて受け取るも、あとの祭りだった。

　高校生に不摂生《ふせっせい》を指摘されて気まずい私に対し、千裕くんは何やら考えるそぶりを見せた。斜め下に下がっていた目線が、ふと私に向く。わずかに瞠られた切れ長の目が、夕日にきらきら光った。

「あの、今日のお礼におかず、持っていきます」

「ええ？　いや、そんな」

「甘さがわからなくても、美味しいって思ってもらえるやつ。作ります」

「いやいや、昭和のご近所づき合いじゃあるまいし」

気にしないで、と笑って断る前に、千裕くんはさっきまでの大人しさが嘘のように、「持っていきます」と一人でうなずき、大股《また》で家に戻っていく。断り文句を喉から出し損ねた私だけが、夕焼けの中に取り残される。

社交辞令ではないのだろう。そこまで恩義を感じられることはしていないのに、と辟易する一方で、妙にむず痒《がゆ》い心地がする。

甘さがわからなくても、美味しいって思ってもらえるやつ。きっと、そこまで深く考えてしてくれた発言ではないのに。なのにそんな一言に一瞬だけ、胸を打たれてしまった。

そういえばひとの返事を聞かないところ、綾乃さんとそっくりだな、なんてなんでもないふりをして苦笑しようとする私の頬を、夕日がやさしくあぶってくる。

四

共同研究室に入ると先客がいた。パソコンから顔を上げた相手と目が合って、互いにお、と手を挙げる。

「髪の色が戻ってる」

「ん」とうなずく隣のゼミの同学年、志摩《しま》くんは、就活のために黒染めしていた髪をダークブラウンに染めなおしていた。彼と同じテーブルの、斜め向かいに腰を下ろす。

「大学出たらあんま染めれないし、いっそメッシュとか入れよっかなとも思ったんだけど。なんからしくないからやめた」

「すればよかったのに。黒も似合ってたけど」

「町田《まちだ》には詐欺《さぎ》グループの弁護士役っぽいて言われた」

「あはは」

「否定しろよ」と、テーブルの下で椅子の足をこんと蹴《け》られる。

志摩くんとは、一年のときプレゼンで同じ班になったことをきっかけに親しくなった。隣同士のゼミに入ったこともあり、大学の友人の中では特につき合いが長い。

「この前はありがとうね、誕生日わざわざ祝ってもらっちゃって。うれしかった」

「わざわざとか言うなよ」と苦笑される。眉を下げていても明るく、人好きのする笑みだ。

今月十日にしてもらった、誕生祝いのサプライズ。中心になって計画してくれたのは同じゼミの友人である結衣《ゆい》ちゃんと、この志摩くんだった。

「人数集めてもらって、うれしかったけど申し訳なくて」

「いや集めてない集めてない。勝手に集まったんだよ」

志摩くんはぶんぶん手を振って、ノートパソコンを少し脇にずらした。

「最初三井《みつい》が、秋尾の誕生日近いって教えてくれてさ。俺らでなんかするかって話してたら、大橋《おおはし》たちが自分らも祝いたいって言い出して、それからは芋蔓《いもづる》式に……人徳ですよ」

いっつも資料作りとか困ってるとき、助けてくれるってみんな言ってたよ。ぱっと笑う彼に笑い返すも、そんなふうに褒められると気恥ずかしい。

「別に大して教えられるようなこともなかったけどね」

ごまかしながらレジュメをテーブルに出すと、勢い余った一枚が机上をすべっていく。

志摩くんの手がそれを捕まえてくれた。

「秋尾ってなんか、妙なとこ卑屈《ひくつ》な。本人たちが祝いたかったんだから、素直に受け止めてやりゃいいのに」

私が重ねた紙の上に、はぐれた一枚が戻される。

「まあ、根が真面目だもんなあ。この前の卒論中間発表もさ、貫禄《かんろく》の出来だったたって町田が言ってた。準備一週間前には終わってたってマジ？」

「あー、なんか、癖みたいなもんだよ、課題の先延ばしが落ち着かなくて」

「その集中力分けてほしい、俺なんてまだテーマもあやふやだってのに……」

志摩くんは文字通りに頭を抱えた。大学四年生の憂鬱《ゆううつ》だ。大学生活最後の一年は、しくじると人生的な意味で終わる一年でもある。

「秋尾はさ、旅行とか行かねーの」

そんな最後の年は、社会に出る前の自由が利くボーナスタイムという側面もあわせもっている。現に同じゼミの結衣ちゃんは、中間発表の日はライブに行くと堂々宣言していた。

私はといえばこれといった趣味もなく、ただバイトに邁進《まいしん》している。

「バイト忙しいし」

「掛け持ち？」

「単に人手が足りないんだよね」

パートアルバイトは入れ替わりが激しい。ルピナスも年中募集をかけているものの継続して働いてくれるひとはおらず、就活が終わってから私は一気に連勤が増えた。

「なんでそんな働いてんの。借金でもしてる？」

「そのときは連帯保証人欄に志摩くんの名前借りる」

シャーペンの頭を顎でかちかち叩きつつ、図書館で借りてきた書籍を広げる。

「なんか、動いてるほうがいいんだよね」

大学生になってわかったことは、これといった趣味を持たない人間が過剰な余暇を手に入れると、必要なことにすら手をつけなくなるという現実だった。大学一年生の夏休み、まったく無意識のうちに二日間ほぼ絶食して軽く死にかけたのだ。ある程度予定を詰めて外部に生活リズムを委託したほうが、私の場合は健全な生活が送れる。

しかしそんなことを知る由《よし》もない志摩くんは、呆《あき》れたように頰杖をついた。

「過労死すんなよ」

皮肉なのか、心配なのか。志摩くんだからたぶん、後者なのだろうけれど。鞄《かばん》から出したチョコ菓子の袋を開け、私に開け口を向けてくれる。目で断ると一つうなずいて、自分で摘まみはじめた。

「バイトしてんのって、あのモールの反対んとこだったよな。ファミレス？」

「喫茶店。ルピナスってとこ」

「今度行っていい？」

「私がいないときならいいよ」

無言で伸ばされた手が、開いていた本を勝手に閉じてきた。開けていたページを探してから、骨張った手をぺちんとはたいておく。

「今日もバイトなの？」

「休み」とだけ答える。あとでちょっと、寄るつもりだけれど。私の簡潔な返事に、志摩くんはテーブルに少し身を乗り出した。

「じゃあ、今日飯行かん？　商店街の、ちょっと奥まったとこにパン屋あるじゃん。あそこの近くに新しい店できたらしいんだよ。ジャマイカとキューバ料理の店」

喋りながらスマホを操作して、いつかの穂積さんのように画面を見せてくれる。表示されているホームページは原色ばかり使われているけれど、モダンでセンスがよかった。お店のチョイスに、志摩くんらしさを感じる。

「そこのジャークチキンが美味《うま》いんだって」

「じゃあく……チキン」

「漢字変換すんなよ、ジャマイカ料理だから」

スマホの文面を読めば、なるほど、スパイスやハーブが利いた肉料理らしい。美味しそう、よりも先に、食べられそう、という感想を抱いた。

誕生日のときも、こんなふうに誘われたなと思い返す。

「ほら、お酒もあんの。デザート系も充実してるし、内装面白いし」

「素敵。でもごめん、今日先約があるんだ」

「あー、出遅れた」

大袈裟《おおげさ》にのけぞる志摩くんに、つい口から笑い声が漏れた。

「じゃあ今度行こ。決まり」

「志摩くんて、情報通だよね。いっつも誰かご飯に誘ってるイメージある」

「え、俺がナンパ野郎みたいじゃん」

一年で指導教員が同じでなければ、志摩くんとは親しくならなかっただろう……なんて思えないくらいに、彼は気さくで顔が広い。いつもひとに囲まれているタイプだ。ゼミの枠を越えて飲み会もよく主催しているし、彼と仲がよくないひとはうちのゼミにいない。

志摩くんは、「誰も彼もに声かけてるわけじゃないよ、俺だって」と拗《す》ねたようにスマホを爪で叩いた。

「でも美味しいものは、誰かといっしょに食べたいじゃん?」

まあ、ひとり飯もいいけどさ。画面を私に向けたまま、指でメニューのページをスクロールする。

店内に飾ってある謎の仮面の写真を見ていると、ノックとともに研究室の扉が開いた。

入ってきたのは結衣ちゃんだった。テーブルに身を乗り出していた志摩くんが、椅子に座りなおす。

「お疲れー」と私の隣に腰を下ろす結衣ちゃんにも誕生日会のお礼を告げると、彼女はぐっと私の肩を抱いた。

「あたしの誕生日のときはカラオケオールつき合ってね」

「推しアイドルメドレー？」

「左様」と笑った結衣ちゃんは、私の肩を抱いたまま志摩くんに顔を向ける。

「てか志摩、今さらだけど就活終わったん？　やり直したんだよね？」

「無事終了いたしました」

ブイサインを作る志摩くんに、私たちは小さく拍手をした。結衣ちゃんが「どこ？」と彼が放置していたお菓子を食べながら尋ねる。

「建築デザインの事務所。わりと新しいとこだけど」

指がぶるっと震えて、シャーペンの芯の先が紙の上でへし折れた。

なんとなく肋骨を手で押さえる。努めてゆっくり息を吐き、折れた芯を払う。

「だいじょぶ？　秋尾」

動揺を顔に出したつもりはなかったのだが、志摩くんに下からのぞきこまれた。結衣ちゃんも「どした?」と背を撫でてくれる。

「いや、何も。諦めずに希望のとこ通ったの、すごいなと思って」

うまく取り繕《つくろ》えたか知らないが、二人の話題は就職先のことに戻っていった。

トラウマ、のつもりはないが、そう表せるのかもしれない。かつてその職を生業《なりわい》としていた男を思い出してしまうと、肋骨が押し込まれるように痛む気がした。この先一生、二度と会うことのない人間だとしても。

実父と同じ消防士なら安心感しかないのにな、と志摩くんに申し訳ないことを考えてしまった。

「てかもう今からムリなんだけど、会社勤め。想像したくない」

両手で顔を覆《おお》ってのけぞる結衣ちゃんに「わかる」と同意する。志摩くんもうなずいた。

「富豪の家の犬になりたい、来世はなる。猫でもいいわ、ふわっふわのやつ。お風呂入るとしぼむ系の」

のけぞったままくぐもった声で喋る彼女の腕を、ぽんぽんと叩く。

「お金持ちの家のペットだからって、しあわせとは限らないんじゃない」

「食べるのも外出るのも全部制限されていいの?」

志摩くんにも聞かれて、結衣ちゃんはぱっと手を下ろした。

「かまわん、ていうか、そこにいるだけで愛されたいんだあたしは」

「うーんわからんでもない」

一気に意気投合してしまう二人に「でも今世はまず卒論ですよ」と現実を突きつければ、揃《そろ》ってテーブルに突っ伏した。

「目先のご褒美ほしい、今日美味しいご飯行こ……」

「ごめん私先約ある」

「それで俺もふられました。てことで俺らで行くか、ジャマイカ料理。町田とかにも声かけとく」

操作するスマホから目線だけ上げて、志摩くんは「秋尾も、またな」と笑った。いつ何時も、誰にでもやさしいひとだ。やさしくて、困る。


お家にお邪魔すると、扇風機の心地よい風と、料理の熱気がいっしょくたに顔に触れた。カレーのそれとはまたちがう香辛料の香りが、玄関まで充満している。出迎えてくれた綾乃さんに、持ってきた箱を手渡す。

「これ、おみやです。冷蔵庫に」

「やだ、かまわないでって言ったのに」

「バイト先のケーキで悪いんですけど。うちバイトでも社割利くので」

ダイニングに入れば、コンロの前にいる千裕くんがふり向いた。どちらからともなく会釈を交わす間も、彼の手は止まることなくフライパンの中身を菜箸《さいばし》でかき混ぜている。

「すみません、一瞬待ってください」

言い回しが男子高校生っぽくてふっと笑ってしまう。千裕くんは首をかしげていた。

いっしょにクレープを食べた日の翌日。綾乃さんが、申し訳なさそうな面持《おもも》ちの千裕くんを伴《ともな》って訪ねてきた。どこか気まずそうな孫に対し、祖母のほうは眩《まぶ》しいくらい晴れやかな笑みを浮かべていた。

「うちでいっしょに食べようよ」

最初、昨日は孫が世話になったみたいでありがとう、と彼女が話している間、ずっと千裕くんは私と目を合わせなかった。だから「千裕からお礼におかずを持っていきたいって聞かされてね」の時点で、彼女が最後になんと言うか、私はもう予知のレベルで察していた。ほら、やっぱり。

このとき私は逆に、元々礼をしてもらうほどのことでもないから気にしないでほしい、と当初のおかずを持ってくる云々までうやむやにしようとした。千裕くんの気遣いはうれしかったが、やはりありがたく思うより先に気が引けてしまうから。しかし交渉に関して、一介の女子大生よりも、小料理屋を切り盛りする女店主のほうがずっと上手だったのだ。

「私もずうっと恩返ししたかったんだよ。去年捻挫《ねんざ》してたとき、買い物とか請け負ってくれて、ほんとによくしてくれたじゃない？　何かお礼したかったけど、へたなものだと遠慮させちゃうし……いや、これでもまあ遠慮するとは思うんだけどさ」

　昨年の話まで持ち出した果てに、「いただいた野菜使わせてもらおうって、千裕とも言ってんの。よかったら呼ばれてくれない？　……それとも迷惑？」と悲しそうな瞳に見つめられて断り文句が口に出せるほど、私の意志は強くなかった。最終的にスケジュールを詰められるまで秒だった。

　というわけで誘ってくれた志摩くんには悪いけれど、今日は101号室にお呼ばれだ。昔ながらのお菓子みたいな飴色の卓袱台《ちゃぶだい》には、すでにお皿やお箸がセットされている。何か手伝うことはないかと尋ねたものの、二人に座っているよう促されてしまった。いたたまれず、正座のまま部屋の中を失礼でない程度に見わたす。

　みなと荘に入居して丸三年以上経つが、綾乃さんの部屋にうかがうのは今日がはじめてだった。基本的な間取りは私の部屋と同じだけれど、住む人間がちがえばこうも変わるのかというくらい、ダイニングはにぎやかだ。壁には花の絵やカラフルなカレンダー、テレビ周辺や設置された棚には、マトリョーシカや愛らしいお人形なんかが所狭しと並んでいる。竹を割ったような綾乃さんの性格からは少し意外だが、可愛いもの好きらしい。部屋の隅に置いてある大きなスクールバッグだけ、この部屋から浮いていた。ベルトについた肩当てのパーツが擦り減っていた。

私の部屋は、近い歳の別人が私に成り代わって暮らしはじめたって、きっとはたから見たら違和感がないだろう。でもこの部屋は、〝そのひと〟の生活が詰まっている。

母とちーちゃんと三人で暮らしていた部屋に、空気が似ている。

急に、緊張が背筋を支配した。尾骶骨《びていこつ》がぞわぞわする。正座の爪先《つまさき》に力を籠める間にも、千裕くんがてきぱきと配膳《はいぜん》していく。

「きらいじゃなかったらいいんですけど……」

慣れた手つきで出されたお皿の中には、とろりとした麻婆茄子《マーボーナス》が盛られていた。ワンタンのスープと、チャーシューと青ネギが見え隠れする炒飯《チャーハン》。キュウリの小鉢から手を離すとき、千裕くんの骨張った手が微かに震えた。

「茜ちゃんって、辛党だったの？」

私と千裕くんが揃ってそちらを向くと、綾乃さんは整えられた爪で缶のプルタブをかりかりと引っ掻《か》いていた。

「けっこうすぐに千裕が献立《こんだて》決めちゃったし、花椒《ホアジャオ》とか容赦《ようしゃ》なく入れてるから一回止めたんだけど、これでいいって言うし。中華好き？」

私は綾乃さんの手から缶を取り、プルタブを開けた。プシュ、と小気味いい音がする。

「わざわざ辛いのにしてくれたんだ。ありがとね」

こん、と缶を置けば、千裕くんは睫毛《まつげ》を伏せた。

食べたいものはないかと彼に聞かれたとき、私はこだわりはない、なんていちばんの夕ブー回答をしてしまった。もちろん美味しいに越したことはないけれど、お腹が満たされるならだいたいの料理は我慢できる。そのせいで何が食べたいかと言われても、明確な答えが出てこなかった。〝食べられるもの〟と〝好物〟の境目がぼやけてしまっているのだ。

だからきっと、千裕くんはたくさん考えて、この献立にしてくれたのだろう。辛みは、味覚ではなく痛覚で感じるものだから。

私、実は。そう口を開こうとするのに、なぜか唇はくっついたまま動かない。

今日夕飯をごいっしょさせてもらうのが決まったときから、綾乃さんに味覚のことを伝えると決めていた。なのにいざ向かい合うと、どう切り出せばいいのか見当がつかなくなる。やさしい彼女を心配させたり気まずい思いをさせることを思うと、声が喉奥で絡まる。

そういえば高校生のとき、クレープを食べる友人たちの目に映らないよう走ったあの日もこんな気分だった。否応《いやおう》なく相手に気を遣わせてしまうこの味覚が申し訳なくて、逃げ出したくなる。

美味しいものは、誰かといっしょに食べたい。誰かと美味しいねって言いながら食事をしたい。そんなの私も、昔は思っていた。

「千裕くんにはたまたま話したんですけど」と、やっと発せた声は上擦っていた。

「私、味覚障害があって。食べ物の甘さがわからないんです。だからこれまでくださったお裾分け……本当の意味では味わえてなくて。ごめんなさい、ずっと言えなくて。……あの、ケーキも二つしか買ってないので、あとでお二人で食べてください」

途切れ途切れに言いながら、やっぱりちゃんと断ればよかった、と後悔した。これをそばで聞いている千裕くんにも、きっと気まずい思いをさせている。改めて謝ろうと顔を上げると、握り込んでいた膝の上の手が、綾乃さんの手に包まれた。

白い甲は細い骨が浮かぶほど薄いのに、掌は何枚も重ねた毛布のような重みがある。さっきまで缶を持っていた指先の体温が、ひんやりと肌に馴染む。

「私が今まで持ってった料理、美味しくなかった?」

「そんな。美味しかったです」

「そっか。じゃあこれからも味見してもらお」

少年のように歯がのぞく笑顔で、綾乃さんは私の頬にかかった髪を払った。深く切られた爪が産毛《うぶげ》を掠《かす》めた。

「さ、あったかいうちに食べよう。茜ちゃん、ビールは？　イケる口？」

向けられた缶の小さな飲み口の中、琥珀《こはく》色がとぷんと揺れる。うなずいて置いてあったコップを両手で持った。「あ……ありがとうございます」透明なグラスを取り落とさないよう、指にぎゅっと力を入れた。

「ばあちゃん、あんま飲むなよ」

「ここに辛い料理がある。つまり酒を飲んでよいということ」

乾杯、と私のグラスに缶を当て、綾乃さんが飲みはじめる。

二人の声を聞いていると、目の前の白い泡が弾けていく音や、テレビで芸人が毒づく声、どこかで鳴っている救急車のサイレン、そして今日もまた降り始めた雨の音が、耳に戻ってきた。さっきまで静かだった部屋が、日々の雑音を取り戻していく。

両手で持ったビールを、ぐいと呷った。千裕くんが驚く気配と、「いっきはダメよいっきは」と綾乃さんが諌《いさ》める声がする。

グラス半分を飲んでテーブルに置くと、綾乃さんは「さて」と両手をぴったりと合わせた。千裕くんと私も、それに倣《なら》う。

「いただきます」

綾乃さんが千裕くんに目配せする。彼は面映《おもは》ゆそうに、「どうぞ」と短く言った。

肉味噌《みそ》がからまる茄子を口に入れると、花椒に舌がピリッと痺れた。綾乃さんが言った通り、けっこう利いている。茄子を噛んだとたんあふれた油が、辛い、はふはふと口から逃した熱気さえ辛い。ビールで赤い油を流し込む。まだ辛い。辛くて、美味しい。

千裕くんのほうを向けば、ばっちり目が合った。彼の表情はやはりほとんど変わらないけれど、手に持ったお箸は何も摘まんでいないし、頬が硬い。

「これ、すごく好き。ありがとう。祖父と祖母に、野菜美味しかったってちゃんと言える」

とたん、千裕くんの口から長いため息が漏れた。誰がどう見ても安堵《あんど》の息だった。

私、自分のことばかりを考えてしまっていた。他人に手料理——しかも好物かどうかもわからない——をふるまう千裕くんだって、緊張していたに決まっているのに。

ごめん、が口をついて出る前に、綾乃さんがすっと片手を挙げた。千裕くんはノールックでその手とハイタッチした。パアンと小気味よく鳴る掌。

なんだか気が抜けて思わず笑いそうになり、ごまかすようにキュウリの和《あ》え物を口にする。こちらもラー油の辛さが利いていた。自分の舌は頼りにならないけれど、中華風出汁の味もする、と思う。お酒が進んでしまう。

ごま油と醬油《しょうゆ》の香りをふわふわと漂わせている炒飯は、意外とシンプルな味つけだった。

ぱらぱらのお米は、刻んだチャーシューといっしょに食べたらちょうどよくなる味の薄さだ。

レンゲで炒飯をすくっていると、綾乃さんが「無礼講ということで」と麻婆茄子の肉味噌をすくい、炒飯にかけた。……なるほど、そういう食べ方が。自分だけだったら絶対思いつかないアレンジを、真似して試す。なんだか高校生のときに自習の授業をさぼって街に繰り出したときのような、わくわくする背徳感があった。

「日本酒はどう？　辛口なんだけど」

薄い背中の後ろから手品のように取り出された一升瓶《いっしょうびん》に、ありがたく空いたグラスを差し出す。私もお酌《しゃく》をし返した。

「茜ちゃんってもしかして強い？」

「潰れたことはないですね」

飲み会だってめったに行かないから、飲むこともそんなにないけれど。「ほら、お酒もあんの」と今日誘ってくれた志摩くんを、誘いを蹴ったささやかな罪悪感とともに思い出す。

「そういえば千裕くん、ジャークチキンてわかる？」

かき込んだりせず行儀よく炒飯を食べていた千裕くんは、さっとレンゲを下げた。

「リクエストですか？」

いや、そういうわけではないけれど。でもそうか、わかるのか。

「邪悪チキン？　何それゆるキャラ？」

綾乃さんは仲間だった。空いた彼女の杯に日本酒を注げば千裕くんにじっとりと睨まれたので、さりげなく部屋の隅に瓶を移動させる。

「茜さんって、外食多いんですか」

のんびりと、しかし確実に平らげていたら、ふいにキッチンから千裕くんがそう聞いてきた。炒飯のおかわりをよそっている。さっきもおかわりしていたような気がするのだが、男子高校生の胃は何テラバイトの容量があるのか。

「テイクアウトならあるけど……誘われたりしなかったら、まず外食もしないかなあ」

千裕くんだけでなく、綾乃さんにまで目を丸くされる。「食べることに興味がないとなんでもよくなるから、安売りの惣菜《そうざい》とかで済ませちゃうこと多くて」と付け足せば、二人とも宇宙人に話しかけられたみたいに顔を見合わせた。

「食べることに興味がない……？」

「いや、生きるために食べはするけど、お腹が膨れたらいいから美味しさは二の次っていうか……」

料理好きな二人は、信じられないとばかりに食べたり飲んだりする手を止めている。そこまで驚かなくても。

「でも、食べるのに執着がなくなったおかげで、甘さがわからないのもつらくないので。ある意味幸運でしたよ」

　ワンタンのスープをレンゲで飲む。これも炒飯と同じで塩味が抑えられていて、つるんとしたワンタンも含めて、やさしい味だ。

「治る見込みとか、ないんですか？」

　千裕くんは口にしてから、無神経だったかと焦ったようだった。大丈夫、と首を振る。

　小学生のとき、三時のおやつに母が炊飯器でさつまいもをふかしてくれたことがある。熱いからちょっと待って！　待ちきれない私にそう苦笑した母が、大ぶりの芋を半分に折ってくれた。ふわっと立った湯気に、私の膝の上でちーちゃんもくぅん、と鼻を鳴らした。

　二人と一匹が暮らす小さなアパートで、みんなで食べたさつまいものほの甘い味。もう忘れてしまった。でも楽しい食事の記憶を思うとき、頭に浮かぶのはいつも、家族で食べたおやつのことだ。しあわせな食卓の風景。そこにあるやさしい味。

「治らなくっても、いいかなあ。美味しいもん」

　不便はあるけれど不満はない。まだちゃんと、覚えている。

残りのキュウリをぽりぽりとつまみにかじる。「食べ物に興味ないひとなんて、世界じゃけっこうふつうなんだよ」と教えてあげると二人に思ったより食いつかれた。卒論で書くために集めたオランダの食文化についての知識を、ここで披露することになろうとは。卒論。来年には卒業だ。就職先はこの近くでも実家の周辺でもない。来年の今ごろは、私はこのアパートにいない。

綾乃さんは片手にグラスを持ち、もう片方の手で酒瓶を探している。そんな彼女のグラスに千裕くんが迅速に水を注ぐ。孫からのイエローカードだ。

「ばあちゃん、酔いすぎ」

「孫が料理をふるまおうとするくらいひとに心を開いてるのがうれしくて……この感動を肴《さかな》にもう一杯飲みたい気分」

「料理一つで大袈裟だろ……」

「だって、ちゃんと知り合ってそんなに時間も経ってないでしょ？　まともに話したのも最近じゃない？　なのにすっかり仲よくなって」

仲よくなったかどうかは別として、言われてみれば初対面から半月ほどしか経っていない高校生に夕飯をごちそうになっているこの状況は、来年社会人になる身としてどうなのだろうか。綾乃さんの発言に私のほうが軽くショックを受けていると、彼女に水を飲むよう促していた千裕くんは渋い顔をした。

「……もっと前だよ」

呟きを聞き取れたのはおそらく私だけだった。ごみ捨て場での初対面について言ったのだろうか。あのときの「ちーちゃんって呼ばれてます」発言はやっぱりウケ狙いだったのかな、もっとちゃんとリアクションしてあげたらよかった、とささやかな後悔を覚えつつ、最後のキュウリを口に運ぶ。食事前に降り始めた雨の音が、少しずつ弱まっていくのが聞こえた。お開きの合図のようだった。

すべてのお皿を空にして、手を合わせる。「ごちそうさまでした」と出した声は、思うより掠《かす》れて囁くようになってしまった。でも、千裕くんはちゃんと聞いてくれていた。

「お粗末さまでした」

告げられた一言に、どうしてか母を思い出す。

第二章

皿の上で うれうひと

一

「秋尾《あきお》サン、八月いないんですか？」

十五時を過ぎて夕食にもまだ早い時間になると、お客さんはほぼはけてしまう。キッチンを片付けていたら、ホールから戻ってきた瀬谷《せや》くんがひょっこりとその頭をのぞかせた。

七月も下旬に入り、じりじりと締め上げるような暑い日が続いている。バイト先の空調は朝から晩までフル稼働、お客さんたちは店内に足を踏み入れたとたん、コピペしたように生き返った、という顔をしていた。調理担当の社員さんも、注文が入らない現在は冷房の風が集中する場所に避難している。

副店長からでも聞いたのだろう。元々自分で断りを入れておくつもりだったから、別にいいけれど。

「いるよ。一週間連休もらうけど」

「旅行？」

「内定者インターン。参加することにしたの」

八月に四日間おこなわれるインターン。近場ではないから迷ったけれど、交通費支給だったので行くことにした。伴《ともな》って、すでに休みの申請は済んでいる。

話を聞いた瀬谷くんは一切取り繕《つくろ》わず、うへぇ、と唇を歪めた。

「そっかぁ、来年卒業なんすよね。やめちゃうのやだなあ、留年の予定とかないですか？」

「私以外には言わないほうがいいよー、それ」

可愛《かわい》いようなこわいような発言をする後輩の相手をしながらふと、まだこのことをあの二人に伝えていないことに思い至った。すなわち、綾乃《あやの》さんと千裕《ちひろ》くんに。

はじめて部屋にお邪魔して、夕飯をいただいてからおよそひと月が経《た》っている。その間にもう一度お宅にお呼ばれし、さらに三回、お裾《すそ》分《わ》けをいただいていた。トムヤムクンだとか蕎麦《そば》粉《こ》のガレットだとか、まずふだん食べることのないチョイスに、千裕くんの気遣いやこだわりを感じている。

私も甘えてばかりはいやなのでお礼を持っていったりもするけれど、気を遣わせたら意味がないからチョイスが難しい。昼食に専門店のサンドウィッチを多めに買って持っていったり、教授の出張土産《みやげ》にもらったと偽《いつわ》って評判のマドレーヌをわたしたり。

他のひと相手だったら、絶対に面倒な心配りの応酬《おうしゅう》なのだが。それがあの二人相手だと、お土産選びを悩むことも、不思議と楽しく感じられる。美味《お》しい料理がありがたいというのはもちろんだけれど。加えて二人のやさしさそのものが、窓を開けた拍子に舞い込む花びらのように、私の胸を温かくしてくれるからかもしれない。

　ここ最近のそんな関係を考えると、やはり留守にすることは伝えるべきだろう。あわや失踪《しっそう》、ないし誘拐《ゆうかい》扱いになってしまう。

　しかししばらく家空けます、とわざわざ報告しに行くのも恥ずかしい。お裾分けや夕食の誘いが来るのを期待しているみたいで。いや、最近期待してしまっているのは事実なのだが。瀬谷くんをいなしながら悶々《もんもん》と考えていれば、呼び出しのベルが鳴った。彼にキッチンの整頓《せいとん》を任せ、テーブルへ向かう。

　ご注文おうかがいします、とハンディを出すと、座っていたお客様が「あっ」と声を漏《も》らした。顔を上げる。明るい茶髪の、シンプルなワンピースを着た女性客。目が合うと、気恥ずかしそうに微笑《ほほえ》まれた。

　注視しなくとも、それはハルカさんだった。夜のお仕事をしている、以前勘違いで千裕くんと揉《も》めていた、私のお隣さんだ。

「びっくりした、ここで働いてたんだ。この前は、本当にごめんね」

　メニュー表を置いて頭を下げてくる彼女をいえいえと止める。ハルカさんはあの誤解による空き巣騒動のあと、私にまで菓子折りを持って謝罪に来てくれたのだ。律儀なひとなんだな、と驚いた。これまでは本当に当たり障《さわ》りのない世間話しかしなかったから、彼女が私のバイト先を知らなかったのと同じように、彼女がどういうひとなのか、私自身もよくは知らなかった。

　ハルカさんは、今日はいつものような派手な化粧や衣服で身を固めていなかった。千裕くんとトラブルになっていたときのような、ラフな服装でもない。薄く最低限のメイクだけして無地のワンピースを着ている彼女は、中学生の少女のようにあどけなく見えた。

「私ここ、はじめて来たの。茜《あかね》ちゃんがいるなんてすごい偶然」

　綺麗《きれい》なネイルが施されていた爪も今は裸で、均等に整えられている。血色だけで付け爪に負けず劣らず美しいその爪の先が、メニュー表の紅茶の欄を指した。

「何か、おすすめある？　ノンカフェインで、ホットのやつがいいんだけど」

　おすすめ。店員からすると悩ましい単語だ。暑い季節でも、内臓を冷やしたくないからとホットを頼む客は一定数、いるにはいる。ただ、ノンカフェイン、の一言に、反射で一瞬だけ視線を動かしてしまった。ハルカさんはすぐそのことに気づいたようで、彼女はそっと私が見てしまった先、ゆったりしたワンピースの下腹を押さえてみせた。

「……メニューの、ここがデカフェなんですけど。でも、黒豆茶とか……ルイボスティーも飲みすぎなければ大丈夫だと思います。今いろんなフレーバーのイベントしてるんです、いかがですか？」

テーブルに貼りつけている季節ものを勧めると、彼女は「じゃあこれ一つ。あとこのチーズケーキ」と即決した。

テーブルにケーキとルイボスティーを配膳《はいぜん》する。ハルカさんは立ち上る香りにうっとりと目を閉じた。華奢《きゃしゃ》な指でカップを支え、茶の水面でわだかまる湯気をそっと吹き飛ばす。

「……あ、待って、よかったらこれもらって?」

ごゆっくり、と下がろうとしたとき、そう呼び止められた。ハルカさんはクラッチバッグから、数枚の紙切れを取り出している。なんだか海外のチップのようだ。しかしその紙は小さく、派手な赤色をしていた。

「駅のとこのスーパー、今ね、福引やってんだって。もらったんだけど、どうせあたし使わないから。よかったら」

「でも……これ、来月まで使えるみたいですよ」

まだ全然期間あるじゃないですか、と受け取ってしまったそれを返そうとすれば、ハルカさんは肩をすくめてカップに口をつけた。

「あたし、明日にはここを離れるから」

かちゃ、と近くのテーブルで、お皿とカトラリーが触れ合う音が、やけに大きく聞こえた。「もうみなと荘も引き払ったし」と続けられる。

「ごめんね、いろいろ急に決めたから、引っ越しの挨拶《あいさつ》もできなくって……茜ちゃんの部屋のドアノブに、一応お世話になったお礼だけかけといたから。帰ったとき驚かないでね」

そこでやっと、え、と吐息とともに動揺が音になってこぼれた。ハルカさんは丁寧に、

「いただきます」と手を合わせている。

「……お引っ越しされるんですか」

思わず、食べるのを邪魔するように聞いてしまう。全然、知らなかった。引っ越しの業者が来ているような気配もなかったし、綾乃さんからも何も聞かされてない。いや、それはそうだ、個人情報を、少なくともただの〝お隣さん〟に、言ったりはしない……。

世間話をするようになったとしても、つき合いが深いとは言えない隣人だ。でも、もしルピナスに彼女が偶然来店しなかったら、私がシフトでなかったら。何も知らないままお別れになっていたのだ。

一口ルイボスティーを飲み、ハルカさんは細く、長く息をついた。

「うん、いきなりでびっくりさせちゃったね……この前だって驚かせたのにね。あのときはほんと、お孫さんに悪いことしちゃった。言い訳だけど、あの日病院から帰ってきたばっかで、気が立ってて」

カトラリーケースから取られたフォークが、ケーキの鋭角をそっと切りとる。

「こっち来たとき、綾乃さんにはほんとに助けてもらったからさ。なのに、恩を仇《あだ》で返すような真似しちゃったな」

喋《しゃべ》る途中にも迷いなく大きく切り取った一口を食べて、ハルカさんは一つうなずいた。

「こんなんで、やっていけるのか不安だけど。でも、腹括《くく》らなきゃね」

あたしがこの子をしあわせにするんだから。

大きな一口を頬張《ほおば》り、咀嚼《そしゃく》する。ルイボスティーの水面に、真剣に食事をする彼女の眼差《まなざ》しが反射した。

ハルカさんは「引き留めてごめん」と、一転からりと笑った。そう言われるともう下がるしかない。テーブルから離れながら目を落とした、手の中の三枚の福引券。手汗で端がよれたそれを、エプロンのポケットに押し込む。

「すみませんこれ、ご迷惑かもですけど。餞別《せんべつ》に」

退店の際のレジも、私が担当した。お釣りを返したあと、さっき私が会計を済ませたばかりの、お店のクッキーとお茶のセットを差し出す。自己満足だとしても何もせず彼女を見送ったら、後悔する気がした。

ハルカさんが、私が差し出す紙袋を見下ろす。「茜ちゃん」と呼ばれた。

「こんなあたしに、ありがとう。あたしね、つらいときは、みなと荘来たばっかのとき、綾乃さんが雑炊《ぞうすい》作ってくれたこと思い出そうって思ってたんだけど。今日のことも、思い出すリストに入れとく」

ピンクの唇から白い歯がのぞいた。私が助けられたように、ハルカさんもまた、綾乃さんから手を差し伸べられてきたのだろう。やっぱり綾乃さんはすごい、と純粋に思った。このとびきり美しい笑顔を、もっと前から彼女は知っていたのだ。

そしてそんな綾乃さんとの思い出の隣に、今日の邂逅《かいこう》を並べてくれるとハルカさんは言う。こんな些細な、わずかばかりのやりとりを。

彼女は私の手を両手で包んだ。指の先までぽかぽかと温《ぬく》もっていた。

「福引、絶対当たりますよーにって、願掛けといたから。やってみてね」

そうして彼女は颯爽《さっそう》と、十センチのヒールを履《は》いているみたいにスニーカーで去っていった。この先、もう会うことはないだろうひととの別れだった。

帰り道、クレープ屋で、ブラウニーのラスクなんてものが売られているのを見つけた。切り落としをラスクにしているらしく、特価の文字が目立つ。綾乃さんと千裕くんへ報告しに行くのに、お土産としてちょうどよさそうだ。

以前ならすっかり暗くなっていたこの時間も、夏の盛りに入って夜が遠ざかっていた。

額やうなじに、刷毛《はけ》で塗ったように薄い汗が滲《にじ》む。すれちがうひとの、風を孕《はら》むスカートの裾《すそ》を目で追ってしまう。明るい街に消えていった、ワンピースのしゃんとした背中。もうあのひとと、土曜のゴミ収集の早さを嘆くことはない。

空気みたいに軽いラスクが入った袋が、揺れる。別れがするりと身に染みてくる。嫌いでも、親しくても、ほどほどでも。別れは必ず来る。十年前に学んだことだった。

家に着く直前、スマホが鳴った。母からだった。目の前にあるみなと荘、六つある部屋のうち、窓の明かりが灯《とも》っているのは三つだけ。真っ暗な202号室を見上げながら、通話マークをタップする。

母の『あーちゃん』という呼び方はやわらかく、ほんのりと遠慮がちだ。いつも通り電話の冒頭に、『ちゃんと食べてる?』が差し込まれる。

「最近は、前よりちゃんと食べてるよ。この前はありがと……」そう返しながら、目は101号室の窓を向いてしまう。面格子《めんごうし》とカーテンの向こうに、麦畑のようなうっすらと黄金の光が透けて見えた。温かい家庭の色だ。

『あーちゃんこそ、返信、気にしなくってよかったのに』

母からの電話は表向き、私の帰省に関してだった。私はいつも八月に実家に戻るから。しかし正確な日付を確認してくる母が、私から話を切り出すことをずっと待っているのがわかった。

梅雨《つゆ》に母が送ってくれた荷物。野菜たちに交ざって、でも段ボール箱を開けてすぐ目につくところに入れてあったのは、亜鉛《あえん》のサプリだった。

一般に、味覚障害は亜鉛の不足でなるという。もう散々試してきた。結果はいつだって同じ。それは母もわかっているはずだ。けれど。

『この春出たものらしくて、効く可能性があるかも』――私のお礼に対して返信をくれた母の、その文面に、まだ彼女が手放しきれない一縷《いちる》の希望がのぞいていた。

愛犬を失って、私の味覚が異常を来《きた》したことに気づいたとき。母は私を連れて町中の病院を梯子《はしご》した。何度も医者を替えたが、返ってくるのはいつも健康、正常、異常なしの結果。通常とちがうのは味覚だけ。「しんいんせい」の六文字を懐疑の目線とともに医者が口にするたびに、十二歳の私の横で、母はナイフで身を削られるようにやつれていった。母は手を尽くしてくれたけれど、最終的に音《ね》を上げたのは私のほうだった。

私自身は早い段階で、諦《あきら》めがついていた。順応したとも言えるだろう。でもそれは私だけで、母は今でもずっと、〝幸福な食事〟を娘に取り戻させようとしている。

もういいんだよ。何度告げても母だけは、我が子の人生を妥協できない。それは間違いなく母の愛と献身だけれど、私はその愛に直面するたび、どうすれば母を解放できるか、考えてしまう。

サプリは届いてからずっと、用法用量を守って規則的に飲んでいる。そして、効果は出ていない。

「あ、そういえば、おじいちゃんたちの野菜食べたよ。ご近所さんで、料理得意なひとがいて」

『本当？』機械越しの母の声が明るくなる。『おじいちゃんたち、喜ぶよ』一音一音が弾む。

お母さん、ごめんね。効果、なかった。いつそう切り出せばいいのか、わからなくなる。あたしがこの子をしあわせにするんだから。ハルカさんの、燃えるような眼差しが目に焼きついていた。私が生まれる前に父が他界して、母は女手一つで私を育てた。母もあんな覚悟をしたのかと思うと、スマホを支える指が攣《つ》りそうになる。

あのね、麻婆茄子《マーボーナス》を食べたの。お母さん、今まで私の舌に傷でもあるみたいに、刺激のある料理避けてきたでしょ。でも私、そういう料理も美味しく食べられるよ。お母さんの料理だって、もちろん大好きだし。ねえ私、全然不幸なんかじゃないよ。どうしたら伝わるだろう。娘の人生は哀れではないという、ただそれだけの事実が。

『戻るの、いつごろになりそう？』

結局切り出せないまま、いちばん大きな話題が消化されようとしている。

「ごめん、インターン行くから、ちょっとしか帰れないかも」

それだけを話した。気のせいみたいな沈黙の後に、『そっか』と明るく取り繕う声がした。

最後まで、サプリのことは言い出せなかった。通話が切られ、画面が切り替わる。私の待ち受けは、ちーちゃんの写真の、写真。黒い瞳が私を見ている。

101号室に近づけなかった。淡いオレンジの光と、ほのかに漂いはじめたトマトか何かの香りから逃げるように階段を上る。がさがさ、ラスクの袋がそちらではないと主張するようにうるさかった。

ドアノブには、小さな紙袋が掛けてあった。『あかねちゃんへ』と書かれた付箋《ふせん》が貼りつけられている。中をのぞけば包装された薄い箱と、小さなメッセージカードが入っていた。

鍵をもたつきながら開け、靴を捨てるように脱ぐ。上がろうとして焦った爪先《つまさき》が段差にかかり、膝《ひざ》をついて転んだ。

膝が痛み、立てないままその場に小さくなる。指に引っかけていたビニール袋ともらった紙袋が床に落ちた。

大きな音を立ててしまった。下の階って、電気点《つ》いてたっけ。どうだっけ。さっき見たばかりなのに思い出せない。ずきずき痛む膝に指を這《は》わせる。隣は気にしなくていい、もう、ひとが住んでいないから……。

ぎゅっと目を閉じて、開ける。何やってるんだろう、悲劇ぶったって、何が変わるわけでもないのに。痛みを逃しつつ立とうとしたときだった。背後でチャイムが鳴った。

「……茜さん？」

痛みを無視して体を起こす。千裕くんの声だった。

ばたばたしていたから、うるさかっただろうか。急いで扉を開けたそこには、ラップのかかったお皿を持っている千裕くんがいた。

私が何か言うより先に、「どうしたんですか」とちらりと背後に目を向けられる。そこで玄関の照明も点けていないこと、鞄《かばん》も袋も床に放りっぱなしなことに気づいた。

「あー……っと、なんでもないの、気にしないで。それより、また持ってきてくれたの？」

「階段上がる音がしたんで、もしかしたらってばあちゃんが……あの、ちょっと、ちょっと待っててください。あ、鍵は閉めてくださいね！」

何か考える素振りを見せると、千裕くんは一度は差し出そうとした皿を抱え込むようにして、ばたばたと階段を下りていってしまった。

やはり焦って上り下りすると音がすごい。夜は気をつけなければ。そう自戒しつつ、ひとまず言われた通り鍵をかける。照明を点けて玄関が明るくなると、今度は暑さが気になりはじめ、冷房を求めてやっと部屋に上がった。

千裕くんがまたうちのインターホンを鳴らしたのは、十五分ほどあとのことだった。

「これ、どうぞ」

改めて差し出されたお皿の曇《くも》ったラップの向こう、サーモンピンク色の、これは。

「トマトクリームパスタにしました。ほんとは、トマトソースのパスタだったんですけど。でもなんか、茜さんしんどそうだったんで」

火傷《やけど》に気をつけて、と受け取った皿は大袈裟《おおげさ》でなく熱くて、本当に作りたてだった。

「生クリーム入れて、あとパスタにかけるんじゃなくて、いっしょに煮る感じで混ぜました。少しやわらかめになって、食べやすいと思います」

彼の袖《そで》の端に、白く掠《かす》れたしみがついていた。たぶん、生クリームが飛び散った跡だ。

「なんで、ここまでしてくれるの？」

皿を持つ両手が、じんじんと熱い。

千裕くんがどうしてここまで心を尽くしてくれるのか、わからない。彼からはありきたりな好意を寄せられている感じもしないし、何か裏があるような気配もない。ただ裏表のない親切というのは、うれしいと同時に、壁際に追いつめられるようなうっすらとしたこわさがあった。

それこそ犬が、なんの見返りも求めず飼い主を慕うような、危うい無垢《むく》さだけがある。

私の硬い問いに、千裕くんは、不思議そうに瞬《またた》きした。

「心配になるんで。ぽきっと折れそうで」

「……折れそう」

切れ長の目がちらっと私の手首を見た。骨の形が出やすい部分だ。

千裕くんは「あと、」と二度口を噤《つぐ》んだ。皿をわたし終えた指を握り込む。

「あとおれ、恩が、あります。茜さんに」

「……ハルカさんのことなら……」

「それじゃなくて……それもありますけど。もっと前に、助けてもらったこと、あります」

それはゴミ捨て場で出会った初対面だとか、傘に入れてもらった雨のときだとか。そんな距離感ではない気がした。もっと遠くの、古い過去まで馳《は》せる含みがあった。

この前麻婆茄子をごちそうになった雨の日、彼は「もっと前に私と会った」と言っていた。てっきり初対面のことだと思い込んでいたが、あれはもっと以前の話だったのだ。

でもやっぱり私の記憶には、「ちーちゃん」は最愛の犬しかいなかった。

「……ちーちゃん？」

いっそちーちゃんがひとの形をして、また私の目の前に現れたのだったら。そんな馬鹿《ばか》げた話はすぐに脳内で否定したはずなのに、ゆるんだ唇からこぼれた。千裕くんは膜が張ったようにぎこちない笑みを、苦笑に変えた。

「別にそう呼んでくれても、いいですけど」

「……いや、ごめん。何言ってんだろ」

彼にもちーちゃんにも、失礼だ。ごめん、ともう一度謝ると、千裕くんはそっと首を振って穏やかに私を許した。

「覚えてないと思います。だから話しません。でも昔、あなたに助けられたんです」

きっぱりとそう言われて、何をどう聞いてみても、答えてはくれないのだとわかってしまう。千裕くんは「それに、やっぱり誰かに作ったご飯を美味しいって食べてもらえるの、うれしいんで。ちゃんと食べてくださいね。まず満腹になるのが大事って、ばあちゃんも言ってました」と101号室のほうに目をやった。

「じゃあ、おれも夕飯食べるんで」そうあっさり身を翻《ひるがえ》す千裕くんを慌《あわ》てて引き留めた。

「ごめん、床に落としたものをわたすの、どうかと思うんだけど。もしよかったら……」

一度落としてしまった、ブラウニーのラスク。見たところ、大きく割れたりはしていなかったけれど。そろそろと差し出したビニール袋の中を見た千裕くんの目が、ぱっと華やいだ。二人（一人と一匹）に失礼だと思ったばかりなのに、りんごをもらったときのちーちゃんみたい、と、思ってしまった。

お礼を言い合って別れ、部屋に戻ってお皿のラップを剝がしてみる。ふわっと、トマトの香りがした。

メイクを落としたかったし、汗をかいているからシャワーも浴びたかったけれど、まず満腹になるのが、という彼の言葉に急《せ》かされるようにして、手を洗いフォークを取った。

海老《えび》と玉ねぎしか入っていないパスタだ。淡いオレンジが入ったピンクの、やさしい色のソースがたっぷり絡んでいる。くるくると巻いて頰張れば、トマトの酸味が生クリームにコーティングされて、まあるく口の中に広がった。特有の酸《す》っぱさがしっかりあるのに、角のないまろやかな味だ。パスタはアルデンテよりやわく、でもぶよぶよもしていない。やわい歯ごたえの中、しゃきしゃきの玉ねぎと身が締まった海老がより美味しい。

食べ終わるころには、十年かけて縮んだ胃がぱんぱんになっていた。おかずをいただいても次の日に半分回すことがほとんどだったのに、全部たいらげてしまった。

ワイドパンツの裾をめくってみると膝には痣《あざ》ができていたけれど、痛みはもう気にならなかった。ハルカさんからもらった紙袋の中、メッセージカードと箱を取り出す。箱の中身は綺麗なタオルハンカチだった。

カードに目を通せば、それは突然の引っ越しで驚かせることを詫《わ》びる短い手紙だった。特別なことは何も書いていない。それほど親しい仲ではなかったから当然だ。しかし彼女が最後に綴《つづ》った『元気でね！』は間違いなく、私に、秋尾茜に向けられたものだと思った。

立ち上がって、キッチンに置きっ放しのそれを手に取る。目に痛いビタミンカラーのラベルがついた、亜鉛のサプリのボトル。きっとなんの意味もないもの。一粒出して飲み込む。あたしがこの子をしあわせにするんだ、と耳に蘇《よみがえ》った声は、ハルカさんではなく母のものだった。

お母さん、私はあなたが思うよりずっと、しあわせでいるよ。つらいことがあったとき思い出すリストに、入れておけるものがいっぱいあるの。今日千裕くんが、パスタに生クリームを足して作りなおしてくれたことだとか。

そう思ったとき気づいた。家を空けることを、結局伝え忘れていた。

二

惣菜《そうざい》たい焼き、というものが存在するのだ、世の中には。

最近千裕くんたちのおかげで食事のバリエーションが増えたせいか、食べ物に関する風景の解像度が上がった気がする。これまでスルーしていたものが目につくようになったのだ。それは例えば駅地下にある、たい焼き専門店だったりする。

インターンを終えて空港からバスを乗り継ぎ、ようやく駅までたどり着いた十九時半。キャリーバッグを引きながら歩いていると、一つ、短いながらも行列のできている店舗があった。『惣菜たい焼き』の看板と、つぶあんやこしあんに加え、ベーコンエッグ、明太《めんたい》チーズ、エビチリなど、およそたい焼きでは聞いたことのないメニュー。

綾乃さんたちへの手土産にちょうどいいかもしれない。インターン先の空港で現地の土産も調達済みだが、多すぎて悪いことはあるまい。私の夕飯代わりにもなるし。二人の分はふつうにスイーツとしてのたい焼きも選ぼう――そう考えて、貼り出されているメニューを見たところで、私は一つの問題に直面した。二人がつぶあん派かこしあん派か、知らなかったのである。

私は味覚が正常だったころも豆の皮の有無を気にしたことはないが、こだわるひとはこだわるらしい。母は「絶対こしあん！」派閥《はばつ》だったし。

悩んでも仕方ないことだ。直接聞こうと電話をかけると、わずか一回のコール音ののち、綾乃さんはすぐ私の電話を取った。

『──千裕？』

開口一番、綾乃さんはそう呼んだ。私が驚いてとっさに返せないでいると、少しの沈黙があった。

『ごめん、茜ちゃんね！　折り返しと間違えた』

通話画面を確認したのだろう綾乃さんの声は相変わらずはきはきしているが、どことなく、いつもより早口に感じた。『おつかい頼もうと思ったのに、千裕出てくんなくてさ……』一つ引っかかると、笑い交じりの声も妙にわざとらしく聞こえてしまう。

「あの、何かあったんですか？」

『いやいや、ほんとになんでもないの』

意識的に声色《こわいろ》を明るくしたことがわかって、「綾乃さん」と思わず咎《とが》めるように呼んでしまう。沈黙は少し長かった。電話越しに、短く唸《うな》る声がした。

『いや……なんか最近、やけに早く家出て遅く帰ってくるから、ちょっと気になってただけ。しかもまあ屋の常連さんが……千裕のことも知ってるひとなんだけど、この前、高架横の飲み屋街で、千裕を見たって言っててさ。あのあたり、よく柄の悪い連中がたむろしてるでしょ。うちからもまあ屋からも離れたとこだし、何してるのか気になっちゃって』

綾乃さんは一息に話すと、心配する自分自身に呆《あき》れるように息をついて、『でも高校生なんて、保護者に知られたくないことの二つ三つあってふつうだろうしさ。危ないことするような子でもないしね』と続ける。自分に言い聞かせている部分もあるのだろう、普段よりさらに饒舌《じょうぜつ》だった。

「私、探しに行ってみますよ」

『ええ？　いいよいいよ！　インターン？　で疲れてるでしょ？』

「平気ですよ。見かけたって、どのあたりでですか？」

『茜ちゃん、ほんとに大丈夫だから』

「でも、やっぱりちょっと気になるんですよね？」

尋《たず》ねれば一拍分黙って、『どうせ大したことじゃないよ』と返答が来る。しかし、即答でなかったことが答えだろう。

「何もなかったらなかったで安心ですし、探すだけしてみましょうよ。私も気になります」

たい焼き屋の前から離れて早足で歩く。飲み屋街なら、あっちの路線のが近いか。硬いビジネスパンプスが、歩きづらくてもどかしい。

「綾乃さん、今おうちですよね？　帰ってくるかもしれないので待っててください。私はそっち探してみますから」

『やっぱりそこまでしてもらわなくても……』と電話越しに再び渋る綾乃さんを説き伏せ、

通話を切る。ヒールのかつかつという音が、駅地下に反響して私を急かす。

危ないことするような子でもない、という千裕くんへの評には全面的に同意する。お人好しではあるが、流されるほど芯《しん》のない子でもないと思うから。だからまったくの杞憂《きゆう》の可能性が九割を占めていて、それでも歩いているのは、余計な世話だった、と安堵《あんど》するためだ。

綾乃さんからどの店のあたりで目撃されたのかは聞いたが、同じ場所にいるとは限らない。無駄骨の可能性が高いことなんて承知の上だったが、千裕くんは果たしてそこにいた。

私は思わず、近くの路地に隠れてしまった。彼が一人ではなかったからだ。

「十八だったら夜もシフト入れられんのになー……。深夜だと時給上がんのずりぃよ」

「あー、バイク買いたいんだっけ？」

「おまえ今日すげえ炭火臭《すみびしゅう》すんだけど」

「美味しそうになっちゃった」

千裕くんは、同年代の男の子三人と並んで歩いていた。するまいとしてもしてしまっていた嫌な想像より、ずっと明るい空気にどう反応していいのかわからなくなる。

友達だろう三人とはかなり親しいようで、千裕くんは話しつつ、時折隣の子を小突いたりしている。話し方も仕種も、綾乃さん相手のときとはちがう気安さだ。制服も着ていないのに、高校生らしい、と思った。

ちょうど路地の手前あたりで、高校生たちは各々《おのおの》「じゃあまた明日なー」と解散していく。駅に向かうのは千裕くんだけのようだった。

友達に手を振って再び歩きはじめた千裕くんと、そろりと姿を現した私の目が合った。

「短期バイト……」

「はい、友達の家が、スポーツ用品店やってて。バイト探してるって言ったら、手伝ってほしいって声かけてくれて」

駅までの道のりを並んで歩きながら、千裕くんは事の真相を話してくれた。突如《とつじょ》姿を見せた私に驚き固まっていた彼に事情を説明すると、信頼されていないことに怒るかと思いきや、千裕くんはすぐスマホを確認して綾乃さんに折り返した。そういうしっかりしたところを見ると、本当に考えすぎでしかなかったのだと、改めて肩から力が抜けた。

「だったら、綾乃さんになんでそう言わなかったの……あ。……あー、そっか」

答えが返ってくる前に正解に思い至る私に、千裕くんは気恥ずかしそうに眉を下げた。

「なんか、ちょっといいものあげたくて……」

そうだ。今月末は、綾乃さんのお誕生日だ。彼はプレゼントの資金を貯《た》めていたのだ。

よからぬことに巻き込まれているのでは、と想像したことすら申し訳なくなってしまい、額を手で押さえる。

「ごめん、私、ほんとに余計なことしたね」

「いや、おれが、言葉足りてなくて……お祝いしようとして不安にさせてたら、本末転倒ですよね。帰ったらちゃんと説明します。茜さんには迷惑かけちゃったけど、むしろよかった。ばあちゃんに心配かけてるって、ずっと気づかないままだったかもですし。全然、余計なんかじゃないです」

ありがとうございます、と小さく頭を下げられる。単なる〝ご近所さん〟が出しゃばって、迷惑がられたって文句は言えない。そう思っていたのに、千裕くんの感情はとてもフラットだ。綾乃さんを強引に押し切った私のほうが子どもっぽく思えてしまう。

「でもスポーツ用品店って、近くにあるの？　このあたりほぼ飲み屋だけど」

「あ、お店は一本向こうの通りなんです。おれが迫田《さこた》……誘ってくれたやつのとこでバイトするって言ったら、いっつもつるんでるやつらもなんかする、って言いだして……。一人はここの通りのラーメン屋で、もう一人は焼き鳥屋に決まったんで。今日はバイト終わる時間がだいたいいっしょだったから、ラーメン食べて帰ってたんです」

「ごめん、すべてを勘違いしてた……」

余計な世話だったと安堵するために探した——のはそうなのだが、まさかこんな顛末《てんまつ》が待っていようとは。うなだれると、隣の千裕くんが慌ててさらにフォローしてくれた。もっといたたまれなくなった。

人通りの多い道を、一定距離以上は離れないようにしながら歩く。駅へ向かいながら、千裕くんはバイト中に起こった出来事なんかを話してくれた。以前、二人でコンビニに行った帰りも同じように話したな、と思い出す。

「近所の子っぽい野球少年が来たんですけど、グローブの種類もよく知らなくて馬鹿にされました……」

「あー、ポジションでけっこうちがうもんね」

「茜さん、野球詳しいんですか。野球好き?」

うん、まあ、と曖昧《あいまい》にうなずく。野球好きは私ではなく亡くなった父だが、それを正直に返すと気まずい思いをさせてしまうだろう。

「野球自体はほどほどかな……。ボール投げるのは好き。けっこう上手《うま》いの、私」

「そうですか」

「信じてないやつだ」

「いや信じてますよ」

千裕くんは頬を微《かす》かにゆるめつつ、袖口で額の汗を拭《ぬぐ》った。彼は今日も長袖を着ていた。

ついさっきの綾乃さんとの会話を反芻《はんすう》する。ほんとに大丈夫だから、と告げる彼女の声音《こわね》は、そうあってほしい、という祈りのようでもあった。あの豪胆《ごうたん》とも言える性格の綾乃さんが、孫が隠し事をしているらしい、というだけで、妙に動揺していた。

千裕くんが、半袖を着ているのを見たことがない。女性の怒鳴り声が苦手だと言っていた。そして急に、みなと荘に越してきた。

彼の身に起きただろうことを想像するのは簡単で、そしてそれはおそらく、大きくははずれていないだろう。今日のような勘違いではない確信がある。きっと、聞けば彼も綾乃さんも答えてくれる。

でも私が知っておくべきことは、それではないのだ。

「ねえ、つかぬことを聞くんだけど、千裕くんと綾乃さんってつぶあん派？　こしあん派？」

「え？　……二人ともつぶあん派ですけど、別にこしあんも好きです」

「なるほど、覚えとく」

「え、なんですか？」

今日知ったたい焼き専門店の話をしながら、帰路をいく。飲み屋街を抜けて、横断歩道に差しかかって立ち止まった。私は小走りになればわたれるけれど、千裕くんは間に合わないだろうから。

信号の赤を見ながら気づく。誰かの食の嗜好《しこう》なんて、少し前までは知ろうとも思わなかった。無理に人探しに出ることだってなかったかもしれない。最近、101号室の二人と関わる中で、私の周囲に形成されていた殻《から》が少しずつ綻《ほころ》んでいくのを感じていた。

そしてそれは、思っていたほど恐ろしいことではなかった。

「あのさ、提案……というか、お願いなんだけど」

だから、今までなら絶対に口にしなかっただろうことを、言おうとしている。やはり緊張は否《いな》めなくて、声がわずかに掠れたけれど。

「綾乃さんのお誕生日なんだけど。当日は千裕くんとか、お友達とお祝いするかもしれないから、その前後でね。いっしょにお誕生日、お祝いさせてくれないかなって。私がお寿《す》司《し》とか頼んでもいいし……もし千裕くんが作ってくれるなら、材料買ってくる」

二人が迷惑に思ったりするひとたちではないと知っていながら、それでも不安が胸元でとぐろを巻いている。それを打ち消すように、千裕くんが「いいんですか」と目を輝かせた。私の安堵の息が、飲み屋の熱気が薄れてきた空気の中へ紛《まぎ》れていく。

「ばあちゃん、絶対喜びます」

信号が切り替わり、並んで歩き出す。お誕生日のお土産には、つぶあんのお菓子を買っていこう。たった今そう決めた。


その後、千裕くんを送り届けてから自分の部屋に戻ると、私はそのまま玄関に寝転がった。およそ五日ぶりの帰宅だ。慣れない靴で歩きつづけた足が、たまらなく痛んだ。

あ、お土産、さっきついでにわたしたらよかった。キャリーバッグを開けて気づくが、もう遅い。明日にしよう、とそのままベッドへ直行しかけて、しかし気力をふり絞りキッチンに立つ。もう夕飯も抜いてしまおうか、と怠惰《たいだ》な考えがよぎったが、まず食べることが大事だと少し前に実感したばかりだ。

カップ麵《めん》でもいいから食べないと。湯を沸かす間、ぼうっと自分の掌《てのひら》を見る。

今しがた綾乃さんに握られていた手だ。ありがとうね、と笑った彼女の、帰ってきた孫を視界に入れた瞬間の顔が、ずっと瞼《まぶた》の裏にちらつく。

『――あーちゃん？　どうしたの、何かあったの？』

スマホから電話をかけると、聞こえる母の声音は明らかに戸惑っていた。実家を出て以来、私から電話をしたことが、いったい何度あっただろう。

信用されていないわけではない。ただ、心配されているのだ。

「ごめん、びっくりさせて。あのね、この前連絡入ったんだけど、バイト先の子が長期休み取って、けっこうシフト入んなきゃいけなくなっちゃって。だから夏休み、帰れそうにないの」

母は安心の相槌《あいづち》を打ったのち、『そうなの』と独り言のようにこぼした。隠し切れない落胆《らくたん》が透けていた。うちに唯一ある小鍋で沸かした湯が、少しずつ湯気を上げはじめる。

「でも、冬は必ず帰るから。いろいろ、話したいこともあるし。だから、……ちょっと待っててね、お母さん」

電話の向こうの、『うん、もちろん』という声が一転、常の明るさを取り戻している。

電話越しの母は、さっきの綾乃さんと同じ顔をしているのかもしれない。会いたいな、と思った。ちーちゃんがいたあのころみたいに、母と話がしたかった。

三

「こちら、例のブツです」

木の箱を開けて、中を見せる。入っているのは白い粉でもなければ、山吹《やまぶき》色のお菓子でもない。どこに出しても恥ずかしくない、A5ランクの近江牛《おうみうし》一キログラムだ。

均等にサシが入ったルビー色の肉の波に、千裕くんは遊園地のゲートを前にした小学生のように目を輝かせた。

「すげえ、テンション上がります」

「いっしょに写真とか撮る？」

「それはいいです」と断られる。箱の蓋《ふた》を閉めると、「……本当にいいんですか」とためらいがちに聞かれた。

「そりゃもちろん……というか、結局福引で当たったやつだしなあ」

明日、八月三十一日。日本全国の学生たちが恐怖するその日が、綾乃さんの誕生日だ。

現在、彼女がまあ屋のほうに赴いているうちに、千裕くんと二人、101号室の玄関でお祝いの打ち合わせをしている。私が見せたお肉は、福引でもらった景品だった。

千裕くんと、綾乃さんの誕生日会をする約束をした翌日。私はひとまず食料調達にスーパーに向かった。インターンに行く前に、ただでさえがらがらの冷蔵庫をほぼ空っぽにしていたためだ。そしてそのとき、レジで福引券をもらったことで思い出したのだ。ハルカさんからもらった券を、お守りのように財布に入れっぱなしにしていたことを。

絶対当たりますよーにって、願掛けといたから——彼女の願掛けは、非常に強力だったらしい。粗品のポケットティッシュ四袋とともに、高級肉をゲットしたというわけだ。ガランガランと大音量でベルを鳴らされて恥ずかしかった。

「結局お肉のほうはお金かからなかったから、お酒と、あと有名どころの和菓子予約しといた、つぶあんのやつね。野菜はこっち。野菜だけ先にわたしとくね」

「そうじゃなくて、明日、本当にすき焼きでいいんですか？」

腕に提《さ》げた野菜が入っているビニール袋を差し出せば、千裕くんは受け取りながら眉根を寄せた。

「すき焼き用のお肉だから、変に他の料理に変えるのももったいないよ。綾乃さんのお祝いなんだから、いちばん美味しい調理法で食べてほしい」

お肉が当たったから、誕生日会はすき焼きにしない？　そう打診したとき、千裕くんは難色を示していた。すき焼きといえば関東風と関西風で意見こそ分かれるものの、どちらも砂糖（ではなくみりん？　料理には疎《うと》いので知らないが）による甘辛い味つけが定番だからだ。私が楽しめないのではないか、ということらしい。

きっとハルカさんから券をもらうことがなければ、お肉が当たることもなかった。彼女は綾乃さんをすごく慕っていたし、千裕くんのこともずっと気にしていたようだったから、二人に美味しく食べてもらいたい――というのが私の主張で、一度それは通ったと思っていたのだが。材料を買いそろえてきてなお、千裕くんは迷ってくれているみたいだ。

気にしなくていいから、と重ねようとしたが、千裕くんが口を開くほうが先だった。

「ばあちゃんも、絶対三人で楽しみたいって言うと思います。実はすき焼きの材料でみんなで楽しめるもの、ずっと調べてたんです。だから、いっしょに美味しく食べましょう」

少し間を置いてから、うなずいた。絆《ほだ》されたというよりは、綾乃さんは確かにそう言うだろうなあ、と身内の発言に納得したからだ。……嘘《うそ》だ、本当はちょっと絆された。ちーちゃんの目に似ていてずるい、まったく。


来たる八月三十一日、十九時過ぎ。お酒とお肉、上生菓子を持って訪ねた101号室では、すでに綾乃さんができあがっていた。

「昼から友達と飲んでたらしくて……」

「葬式だったんだからしょうがないでしょ」

葬式ってのはね、飲むためにある。飲んで笑って天国に送り出すわけよ、一部は地獄《じごく》行きだけど。とギリギリなブラックジョークを放ち、綾乃さんは缶ビールを呷《あお》った。お誕生日なのに、なかなかご多忙だったらしい。お祝いの日本酒はタイミングが悪かったかもしれない、千裕くんの目が鋭くなっている。

「この前はごめんね、面倒かけちゃって。今日はありがとう。上等なお肉に、お酒に、お菓子まで……」

「いえいえ。というかお肉はほぼタダなんで」

その分お酒のグレードを上げたのだが、ついでに当初予定していたものより度数も上がってしまった。綾乃さんはいわゆる酒豪なので、多少強いお酒でも問題ないかと思ったのだけれど、今回に限っては失敗だったかもしれない。こんなにわかりやすく酔っている姿ははじめて見る。千裕くんが私と綾乃さん、それぞれに水を出してくれた。

「すぐ準備するんで、テレビでも見ててください」

キッチンにはすき焼き鍋と、前もってわたしていた白菜やネギ、椎茸《しいたけ》なんかがバットに盛られている。やはりすき焼きなのだろうか。

お肉をわたすと、賞状みたいに丁寧に受け取られる。顔に出ていたのか、千裕くんはキッチンをちらりとふり返った。

「すき焼きはすき焼きなんですけど。『魯山人《ろさんじん》風すき焼き』です」

「ろさんじんって、あの魯山人?」

「甘くないすき焼きなんです」

曰《いわ》く、それは名前の通り、かの北大路《きたおおじ》魯山人御大が考案したすき焼きらしい。まず少量のみりんと醬油《しょうゆ》で肉を焼き、食べる。そうしたら鍋に野菜を入れ、残った醬油や油を吸わせるように煮て、食べる。そうしたらまたふり出しに戻って、肉を焼き、食べる……。千裕くんは滔々《とうとう》と説明してくれた。なんでもかんでも甘くすることに業《ごう》を煮やした巨匠の、こだわりの食べ方であると……。

私は思った。

「手間じゃない？」

「いや、手間は手間ですけど、美味《うま》いらしいんで」

「でも焼いて食べてを繰り返すって、ずーっと忙しくない？」

食事中に具材を増やすのは通常のすき焼きでもするだろうが、聞いていると一人は調理作業に徹しなければいけなくなるようだし。一食における食と食の間がやけに開く気もする。料理というより、何かの儀式のようだ。

千裕くんは、くっと菜箸《さいばし》を握りしめた。

「でもあの魯山人先生がそう言ってるんで……！」

「魯山人先生がすごいのはわかったけど、今日はみんなで楽しく食べるのが目的でしょ。そこには千裕くんも含まれてないといやだよ」

交代に焼こう、なんて言っても彼は拒否するだろうし。事のなりゆきを見守っていた綾乃さんが、言葉に詰まる孫に対しすっと挙手した。

「ババアは野菜と肉いっしょに食べたいし、鍋奉行《ぶぎょう》は正直邪魔」

二対一。民主主義において不利になったと悟ったらしい。あとたぶん、自分でも手間だと感じていたのだと思う、千裕くんはわりとすぐに折れてくれた。

「じゃあちょっと、割り下っぽいの作ります」

それでもまだ若干《じゃっかん》納得がいっていない様子で、ストッカーから醤油のボトルを出しはじめる。その彼の横に並んでみた。

「何か、手伝うことある？」

千裕くんは鍋に醤油を注ぎながら、「じゃあそこの大根おろしてもらえますか」とボウルの中にある大根を示した。

「大根おろし？　使うの？」

「このすき焼きは生卵じゃなくて、大根おろしで食べるんです」

「へえ、なんか聞いたことない食べ方。ちなみに大根おろしって皮ごとおろすもの？」

「おれが剝《む》くんでちょっと待ってください」

ここで戦力外通告を出さないあたり、彼はひとがよかった。長い袖をまくり、包丁《ほうちょう》を手の延長のように操ってするすると大根の皮を剝いていく。

途中、綾乃さんが「まーぜーて」とキッチンに並ぼうとしてきたのを、今日の主役なんだから、と二人で阻止して座布団の上に戻ってもらった。「仲間はずれにしやがって」と眉をきゅっと上げた彼女の、その口元がうれしそうにゆるんでいるのが私には見えた。

「茜さん、まじで料理しないんですね」

「家のキッチン出禁だったんだよね」

冗談めかして言ってみる。別に出禁ではなかった。でも実家にいたころ、私の舌に負担をかけない食事を作ることに母は腐心していたから、キッチンは私が立ち入れる場所ではなかったのだ。洗い物は私の担当だったけれど、料理をする、という意味で台所に立ったことはない。せいぜいインスタント麵くらいだ。

「母に甘えっぱなしだったなあ」

皮を剝いてもらった大根の、角の部分からおろしていく。

「でも前に、千裕くん、作ったものを美味しいって食べてもらうの、うれしいって言ってたから。手伝いだけでもさせてもらえたらなーって」

大根をおろすだけのことを、料理とは言えないだろうけれど。

鍋にいろいろ足していく千裕くんの横で、おろし金《がね》で大根をすりおろす。速くおろすと辛くなりやすいと教えてもらったので、ゆっくり手を動かした。私は辛くてもかまわないが、今日作るのは綾乃さんのためだから。

「お母さんといっしょに、今度料理したらいいんじゃないですか」

そうだねえ、と曖昧に返す。味覚がこうなる前に、いっしょにクッキーなんかを作ったことを思い出した。自分も参加したいとばかりにちーちゃんが足元をうろうろするから、途中からちーちゃんを抱えていてもらったことを、母は覚えているだろうか。

みぞれ雪のようにほとほとと、おろした大根が落ちていく。千裕くんはもうとっくに鍋の準備を終えていたけれど、私の作業を急かすことなく待ってくれていた。力を入れすぎて、指が痛い。

大根おろしは、最後に水気をしぼると三分の一くらいに縮んだ。二人にはそんなもんと言われたけれど、頑張って大根半分おろしたのに、これだけにしかならないなんて。料理の苛酷《かこく》さと、作ってくれるひとたちへのありがたみを今さらながら痛感した。

卓袱台《ちゃぶだい》のカセットコンロに移された鍋の中では、肉と野菜たちがくつくつと煮えている。部屋いっぱいに醤油の匂いがしていた。ネギの煮え具合を確認した千裕くんが完成を宣言し、私と綾乃さんが拍手する。

「魯山人先生ってすごい手順にこだわるひとだったらしいんで、これ見たらブチギレると思います」

「もう話に聞く魯山人風すき焼きじゃないもんね」

「反・魯山人風すき焼きということで……」

なんとも思想を感じる料理名。しかしごちそうに変わりはなく、乾杯の音頭《おんど》は無事取られた。千裕くんがてきぱきと、それぞれの器《うつわ》にお肉を取り分けてくれる。

高級肉は火を通してなお、ふっくらとした繊維の模様を浮かべている。おそるおそる大根おろしをのせる。思いきって一枚丸々口に入れて、その食感に感動した。すごい。テレビで肉がとけるとか言っているのはこういうことか。熱い鍋の中にいたはずなのに、融点はどうなっているのだろう。脂《あぶら》たっぷりの肉汁とまろやかな醤油を大根おろしが吸いこんでくれて、後味は意外にさっぱりしていた。

美味しい、と口に出そうとして、二人が顔を見合わせていることに気づいた。二人とも何か言おうとして、はっと口を閉じている。

「……脂、甘いですか？」

どきっと同時に肩を強張《こわば》らせる二人に、思わず笑ってしまった。

「すげー甘いです」と千裕くんが白状し、綾乃さんも大きくうなずく。

「なんかねえ、上品な甘さ。もう口の中ないわ」

「よかった。私も、すごい美味しいです」

こんなことで気を遣ってくれる二人が、年上の綾乃さんには失礼かもしれないけれど、可愛かった。二人ともそれぞれお酒と白米をおともに、肉の脂を味わっている。私たちはお喋りしながらも、粛々《しゆくしゆく》とすき焼きに集中した。高いお肉って、意識が持っていかれる。はじめて知った。

「これ、卵じゃなくて大根おろしなの私には合ってたかも。さっぱり食べれた」

バットに盛られていた野菜がなくなったころ、綾乃さんが胃のあたりを撫《な》でてそう言った。私はただすりおろす作業をしただけのくせに、こっそりちょっと照れてしまった。

「いいもんだ、誰かが自分のために作ってくれるってのは」

綾乃さんは切子《きりこ》グラスを片手に、気持ちよさそうに目を閉じた。

「綺麗なグラスですね」

「でしょ、これ、千裕がくれたの」

綾乃さんがにっこり笑い、千裕くんは気恥ずかしそうにわずかに身じろぎした。微笑ましさに思わず目を細めると、彼女が空けた切子グラスが、照明にきらきら光った。

あーちゃん、大丈夫だから、宿題でもしてて。――グラスのきらきらが、母の持つおたまから滴《したた》る、コンソメスープのきらめきに重なる。私をそっとキッチンから遠ざけて鍋をかき混ぜる母の、少し前傾した背中を思う。どんな気持ちで、私に料理を作っていたのだろう。「美味しいよ」「ありがとう」とどれだけ口にしても、薄く唇に笑みを刷くだけだった母。ふと目線を下げれば、たくさんすりおろした大根おろしはもう、濁った汁しか残っていなかった。

夜も更けてそろそろ片づけをしようかな、というころ、急に千裕くんが勢いよく立ち上がった。手にしたスマホをじっと睨《にら》んでいる。

「なんか、……同級生が、親父と喧嘩《けんか》して家飛びだしたって。そこのコンビニにいるらしいです」

「家出？」

この前のバイト帰りに、いっしょにいたメンバーの一人だろうか。不謹慎かもしれないが、めちゃくちゃ高校生だ。「ちょっと出てきます」とばたばた家を出ていく千裕くんを、「補導されんなよ」と綾乃さんはひらひら手だけ振ってふつうに送り出した。時刻は二十二時に近づいている。数日前電話をしたときの彼女であれば、止めるとまではいかないまでも渋るそぶりくらいは見せただろう。しかし今は特段気にするふうもなく、テレビのチャンネルを回していた。

使った皿を重ねていると綾乃さんは「置いといていいよ」と言ってくれたが、そういうわけにもいかない。

「ありがとうね、茜ちゃん」

借りたお盆に皿をのせていると、綾乃さんがぽつりとこぼした。

「お祝いしてくれたのもそうだけど……茜ちゃんのおかげで、最近千裕も楽しそうだし。……私と千裕の間の、壁って言うとおかしいけど。距離が縮まったと思う。二人だけだと、どうしてもね。近すぎて言えなくなることとかあるから」

座っていてとお願いしたが、結局二人で皿やグラスを片付けた。さっき千裕くんと並んで立ったキッチンで、今度は綾乃さんと洗い物を済ませる。千裕くんによって調理器具類はすでに洗われていた。料理が上手いひとというのは、調理する隙間《すきま》に洗い物もできるからすごい。

シンクを片付け終えると、綾乃さんがドリップコーヒーを淹《い》れてくれた。なみなみ注がれたコーヒーサーバーをテーブルまで運んでふり返ると、背後で両手にマグを持っていた綾乃さんの手から、マグが一つ落ちかけた。

「おっと」ととっさに手で受け止める。酔いが回っているせいか綾乃さんはふらつき、棚のガラス戸に手をついた。中の小物たちが衝撃でぱたぱたと倒れる。

「やだ、もう……ごめんね。最近多いんだ、この前も店でお皿割っちゃって……歳《とし》は健康に取りたいもんだわ」

私に支えられて体勢を立て直しつつ、「千裕には内緒にして、禁酒させられる」とため息をついている。常の通りの様子に、顔に出さないまま胸を撫で下ろした。綾乃さんがいつも元気なことは重々承知しているが、それでも心配なものは心配だ。

「コーヒーの前にお水飲みます？　あと、棚の中の……」

小物が倒れてますよ、と続けようとして閉口した。

飾ってあったポストカードが倒れたことで、その後ろにあった写真立てが姿を現していた。写真を飾るくらいふつうのことだろうが、それは棚の一番奥、光が届かない場所に、潜ませるように置いてあった。好きなものが詰め込まれた、という風情《ふぜい》の棚の中で、その写真だけが異様に浮いている。

おそらく病院のベッドだろう場所で、一人の女性が赤ちゃんを抱いている姿が写されていた。そのひとは花弁が少ない花を思わせるようなすっきりとした美人で、綾乃さんによく似ていた。

「私の娘。珠緒《たまお》っていうの」

視界の外から綾乃さんの手が伸びて、ガラス戸を開ける。取り出された写真立ては照明の下で見ると、薄く埃《ほこり》をかぶっていた。

「千裕を虐待《ぎゃくたい》してた」

はあ、と吐いた酒精を含む息が、やけに気だるげだった。

「ごめんね、知らないふりしててくれたよね。気まずい思いとかさせてたと思う」

首を横に振る。写真に写る女性、その薄い唇の形は、千裕くんとそっくり同じだった。冷たいけれど酷薄《こくはく》ではない繊細な微笑が、同じ血を感じさせた。

「私の責任なんだ。子育てができる状態じゃなかったのを、気づけなかった。もっと支えてやれたはずなのに」

サーバーからコーヒーを注ぎながら、綾乃さんはぽつぽつと話しはじめた。カップに口をつけながら、迷った。本人がいないところでプライベートな話を聞くのはフェアではない。それにこれは、〝ただのご近所さん〟である私が聞いていい事情なのだろうか。私の戸惑いを察したように、綾乃さんは「私の姑《しゅうとめ》、性根のねじ曲がったクッソババアでさあ」と突然声を張り上げた。いきなり話題が変わり、まばたきする。

「お見合い結婚だったんだよね、旦那《だんな》とは。私の実家ね、わりといい家柄だったんだけど、父親が事業に失敗して、……あー、脱線。とにかく、卒業したらお見合いするって、決まってたの。でも旦那は、もうさっぱり子育てにも家事にも関与しない男で……私の時代はそれがふつうではあったけどね。とにかく、昔ながらの家父長制の家でさ。私は娘と、息子を産んだんだけど、姑も旦那も息子のほうばっか甘やかして可愛がって、娘には厳しくすんの。私は私なりに……いや、言い訳だね」

　思ったより、酔いが回っていたのかもしれない。綾乃さんはごくり、と喉《のど》を鳴らしてコーヒーを飲んだ。

「私が守ってやらなきゃいけなかったのにね。あの子が一人でいろいろ抱え込んでたのに、気づけなくて。大人しくて、母親を支えてくれるいい子だった。なのにいきなり結婚するって、浩一《こういち》くん……千裕の父親ね。連れてきて、そりゃ驚いたよ。でも浩一くんのほうがしっかりした、いいひとだったから。あの子がお嫁に行って、私は母親として一仕事終わったんだって、呑気《のんき》に安心してた」

　そんな母親だったから、信頼されなかったんだろうね。卓袱台に肘《ひじ》をつきうなだれて、綾乃さんは目を閉じる。

「長い不妊治療の末に、千裕を授かったの。でも千裕が四歳のころに離婚したことすら、私知らなかったんだ。忙しいの一点張りであの子は会わせてくれなくて、でも元気でやってるならそれでいいって、楽観視して。千裕が七歳のとき、児相から連絡が来て、心臓が止まるかと思った。……千裕ね、雪の中歩いてるとこを、保護されたの」

　離婚してから、ネグレクトしてたらしくて。信じられなかった。珠緒が、あの大人しい子が、自分の子どもを虐待するなんて……。でも実際、千裕の学校の先生も虐待怪しんで、何度も家に訪問してたみたい。あのころ千裕、給食以外は菓子パンくらいしか食べてなかったみたいで、肌がかさかさで、変な太り方してた。

「会いに行ったとき、娘に言われたよ。お母さんが私をちゃんと育ててくれなかったからだって。主張があんまりない分、ひとのことを尊重できるやさしい子、って、私思ってた。でもちがった。そういう子でいるように、私が我慢させてたんだ。母親失格だよね」

卓袱台に置かれた写真立ての縁を、折れそうに細い綾乃さんの指先がなぞる。

写真の女性は意志の強そうな目元をしていながら、どこか儚《はかな》げだ。その腕に抱かれる赤ちゃんからは、健《すこ》やかな寝息が今にも聞こえてきそうだった。

「ことが発覚してからは、浩一くんが千裕を引き取りたいって言ってくれてね。……離婚してから、浩一くんにも理由つけて会わせてなかったみたい。彼も、すごく後悔して、千裕のために尽くしたいって言ってくれた」

見ていると写真の左端に、何かの影がかかっていることに気づく。撮ったひとの指だ。確信はないけれど、たぶん、お父さんが撮ったものなのだろう。

「浩一くんの家はここからそう遠くないところだから、私もよく千裕の顔を見せてもらった。千裕、最初はあまり口も利いてくれなかったけど、浩一くんはよくできたひとで……男手一つで、立派に育ててくれた」

私がじっと写真を見つめていると、綾乃さんはあからさまに声のトーンを明るくした。

「でも、浩一くん、最近いいひとができたみたいでね。いっしょに暮らすのに、……トラウマってより、気を遣ったんだろうね。それであの子、私のところに来たってわけ。……で、今に至る」

風船が一気にしぼむように、最後は性急に話が締めくくられた。綾乃さんは「ごめん急に。こんな話、困るよね」とサーバーから自分でコーヒーのおかわりを注いだ。話しているうちに、酔いが醒《さ》めたようだった。

「今日、お葬式したの……私と同い年の友達でね。なんか感傷的になってたわ。こんなリアクションしづらい昔語りしちゃって……ごめんね、なんか、頼りにしすぎだね」

気の利いた台詞《せりふ》も出てこなくて、ただ首を振るしかできない。すべてを受け入れるような苦笑をさせてしまう、自分の不器用さがもどかしかった。

写真を見る綾乃さんの眼差しに、怒りや憎しみのような負の念はどこにもなかった。魚がいない水槽《すいそう》のような、茫洋《ぼうよう》とした悲しみだけがそこにゆらめいていた。

「……今日のお肉、実は202にいたハルカさんのおかげで当たったんですよ。綾乃さんに助けてもらったのが、支えになったって言ってました」

棚に手をかけた綾乃さんが、ふり向いてけだるそうに瞼を瞬かせる。「慰めてくれようとしてる?」すぐに見透かされて、ぽんぽん、とやさしく頭を撫でられた。

「そっか、ハルカちゃんが。そっか……。全部、娘にしてあげたかったことだったのに。こんなばあさん、忘れていいんだから……」

微かに息を呑《の》んだ、筋張った細い喉。引き攣《つ》れた皮膚《ひふ》と透ける血管が、淡く照明に染められていた。


玄関まで見送るという綾乃さんに断りを入れて部屋を出たところで、戻ってくる千裕くんの影を見つけた。彼も私を見つけたようで、小走りで向かってくる。

オーバーサイズのシャツを、肩のラインを落として着こなしている。履いているのは突っかけるだけのサンダルだ。どこからどう見ても、どこにでもいるふつうの男子高校生の姿だ。

「大丈夫だったの、なんとかくんは」

「兄貴にはバイク代半分出してくれたのに、自分は成績ヤバいからって断られたそうです。そんで勢いで家出。はたいて駄弁《だべ》って家に帰しました」

「ごめん、面白い」

私が笑うと、千裕くんも頬をゆるませる。

てくれた。

「綾乃さん、かなり酔ってるみたい。休むように言ったんだけど」

私越しにちらりと自宅の扉を見て、「おれがちゃんと見ときます」と頼もしくうなずいてくれた。

心配になるくらいすごく、いい子だ。しっかり者で、気配りは忘れないけれど、自分の主張がちゃんとある。深い傷のにおいも、残酷なトラウマの気配も、今の彼からはのぞかない。丁寧に〝大丈夫〟な部分を継いで、今の自分を作り上げ、日々を地道に生きている。

それにどれだけの時間と、努力が必要だっただろう。

「……ねえ」

恩があるって、いつのこと？　夜風にさらわれた髪が、たしなめるように唇にはらはらと触れた。聞きたいけれど、きっと答えてはくれないから、あれから触れていない話だった。触れなくてもいいと思えている、がいちばん近い。

人工的な灯《あか》りの生み出す影が、コンクリートに伸びていた。続きを待つ彼に微笑む。

「……今日は、ごちそうさま。おやすみなさい」

カン、と階段に足をかけると、千裕くんは「こちらこそ、ありがとうございます、楽しかった」と会釈してくれた。「おやすみなさい」が夜の底にそっと置かれた。

蟬《せみ》の鳴き声がしていた。空気がじっとり湿っていて、夏の衰退が始まっていた。

家に帰り、洗面所で着ていたシャツとキャミソールを洗濯機に放り込む。服からは醤油の匂いがした。

鏡に映る自分の体は、胸元も脇腹もあばらが浮き出て貧相で、幽霊のように心許《もと》ない。肩に指を這《は》わせる。

さっき料理をしたとき、千裕くんが腕まくりをする拍子に前腕が見えた。ひどい痣《あざ》や根性焼きみたいな、想像していたあからさまな傷は存在しなかった。その代わりのように肘の下あたり、拳《こぶし》ほどの範囲が、油を染みこませたような薄い黄褐色《おうかっしょく》に変色していた。

ずっとつねられたりし続けると、ああいう痕《あと》ができる。すぐにそうとわかるひとはいないだろうが、彼は隠している。自分が気にしてしまうから。そして、私みたいにわかってしまう人間がいるからだ。

指先で肩をたどる。白い皮膚が続くばかり。かつて変色していた肌が元に戻るまでどのくらいの時間がかかったか、もう覚えていなかった。

四

「あーちゃん、お母さんこのひとと、結婚しようと思ってるの」

十二歳、夏の終わりのことだった。母が再婚した。

並々ならぬ苦労をして私を育ててきた母が、いっしょになりたいひとを見つけたのだといい。少し高級なレストランで紹介されたその男は、はにかみながら挨拶をしてくれた。反対するわけもなかった。数回食事をともにしたのち、私と母、そしてちーちゃんは、住んでいたアパートから私の父となるひとの住む一軒家に引っ越した。

義父は、おっとりした顔立ちで顎《あご》に薄い髭《ひげ》をたくわえていた。職業は建築デザイナー。これからよろしくね、茜ちゃん。穏やかな笑みで挨拶してくれたそのひとに手を差し出され、握りかえした。薄く広い掌だった。

結果から言って。母の第二の結婚生活は、三か月ともたなかった。

居を移し、半月が経ったころだった。越してきた家は近くに犬が遊べる公園も広場もなく、散歩から帰ってくると、広い庭で遊ぶくらいしかできなかった。前みたいに河原でちーちゃんと遊びたかったけれど、そんなわがままは言えなくて。その日も私は縁側で足をぶらぶらさせながら、庭のちーちゃんとボールで遊んでいた。

はしゃいでいたちーちゃんが、急に動きを止めた。それからリビングに義父が現れた。

義父は母とちがって在宅の仕事が多く、日中は二階の自室にこもっていることが多かった。うるさかったかな。ちーちゃんを抱きしめながら緊張していると、「茜ちゃん」と手招きされた。

窓から入る日に、義父の姿が薄く影になっていた。最後の蝉がうるさかった。

「茜ちゃん。風呂の掃除をお願いできないかな」

にこにこと温厚な笑みを崩さないまま、彼は眉を下げた。

「あ……えと、さっき洗っておいたんです」

父とも呼べず、敬語をやめるタイミングもわからなかった。依然として家族という認識にはなれなくて、ちーちゃんを抱きしめ緊張を紛らわせた。

浴槽の掃除は、母と二人暮らしをしていたころから私の担当だった。この家に来てからも習慣として続けていたことだが、このときまで義父から言及されたことはなかった。

義父は少し首をかしげ、「いっしょに来て」と私を促《うなが》した。大人しくついていった風呂場で、義父が指さしたのは、浴室ドアのパッキンだった。わずかにかびて黒ずんでいる。

大きな手が私の肩を摑《つか》んだ。服の上から首の付け根、鎖骨《さこつ》の上あたりに痛みが走る。つねられたというより、指の隙間に皮膚が挟まった、という感じだった。わざとしているのか、偶然なのかがわからなかった。

「いた……」

「痛かった？　大丈夫？　ごめんね、力加減が下手《へた》で。僕はだめだな、ほんと」

思わず声を漏らすと義父は手を離し、大きな声で大袈裟《おおげさ》に私を心配した。そう言われると「大丈夫」と言うしかない。ほっとしたように息をつき、また私の肩に手を置いてくる。

「それでね、こういうところも綺麗にしたほうがいいと思わないかな？　もっと清潔にしたら、疲れて帰ってくるお母さんも気持ちよく風呂に入れると思うんだけど」

微笑みかけられて気圧《けお》されるままにうなずくと、義父は近くの戸棚を指さした。「掃除道具はそこにあるからね。天井のカビはそこのワイパーを使って……犬の毛が落ちないように気をつけて」と続けた彼は、ずっと笑みを保っている。うなずく私に満足そうにして、義父は戻っていった。私はそろそろと、義父が指した戸棚を開けた。

この時点で私は戸惑いこそすれ、義父の行動に反発心を覚えたりしたわけではなかった。叩かれるどころか怒鳴られたりしたわけでもない。ただ母と二人きりのアパートと、この家はルールがちがうのだと思った。義父は綺麗好きで、これまで私の掃除が行き届かなかったことをずっと我慢していたのかもしれない。そう思っていた。

「今日、茜ちゃんがとても綺麗に風呂掃除してくれたんだよ」

その日の夕べ、食卓の席で義父が母にそう言った。

「え？　そうなの？」

義父が作った料理を食べていた母が、すぐ隣の私を見る。私は義父を見た。彼はまたにこりと笑う。

「ありがとう、あーちゃん……でも友達と遊んだり、ちーちゃんの散歩もあるでしょ。明日はお母さんがやるからね」

疲れている母にそんなことはさせられない、とすぐに首を横に振る。「茜ちゃんはいい子だね」と義父がサラダを取り分けてくれた。

「あーちゃん、無理してない？」

私がお風呂から上がったタイミングで、母は心配そうに目線を合わせてきた。義父はまだリビングにいて、母は廊下で声を潜めながら続ける。

「おうちの手伝い、これまでもたくさんしてもらってきたけど……新しいおうち来て、やりたくないこと無理してやってない？　うれしいけどね、お母さん、あーちゃんがたくさん遊んでくれるほうがうれしいよ。もちろん、宿題とかはちゃんとやってほしいけど」

母の不安げな表情に、私はむしろ驚いていた。掃除自体も別に嫌いではないし、今日は大変だったけれど、母に清潔なお風呂を喜んでもらえてうれしかったのも事実だ。だからすぐに否定した。

「汚れてたの、気になっただけだから」

口に出したときに、あれ、そうだったっけ、と一瞬困惑がよぎったが、母の先ほどより安心したような顔を見ると、それも忘れてしまった。

　このときに私は、けして覚えた違和感を取り逃がしてはいけなかったのだ。

　その日から少しずつ、嚙《か》み合っていると信じていた歯車に、錆《さび》が浮きはじめた。

　数日後、遊びに行った友達の家から帰ってきてすぐ、義父が「おかえり」と出迎えてくれた。穏やかな声音にほっとしつつ、友達のお母さんが持たせてくれたチョコやクッキーをリビングのテーブルに出していると、「そういうのが好き？」と唐突に聞かれた。

「あ、はい、甘いもの……」

「お母さんは、茜ちゃんのために毎日料理も頑張っているよね。茜ちゃんがこういうのを食べてお母さんの料理を食べられなくなったりしたら、悲しむんじゃないかな」

　私の返事を遮《さえぎ》るようにして、義父は眉を下げ、傷ついたような表情でそう言った。思わぬ方向に話がいって、私は一瞬何も言えなくなった。

「あの、でも、ご飯はちゃんと残さず食べるし……」

「こういうのは脂質《ししつ》も糖質も多いし、茜ちゃんの体によくないと思うんだ。僕も心配だな」

　そう話す間もやはり彼は私の肩に手を置き、手癖のように皮膚に爪を立ててくる。このひとは私にこれらを食べてほしくないのだ、ということがひしひしと伝わった。そしてそれを、自分からは言えないのだ、とも思った。私に、自主的にそうしてほしいのだ。本当は言いたくなかった。でもそれ以上に、幼い私は新たな家族に嫌われたくなかった。

見下ろす視線と向き合えないまま、「食べ、ません」と絞り出した声は乾いていた。義父はほっとしたように私の肩から手を離した。

「じゃあ、これ、どうしたらいいかな」

義父の目が、テーブルのお菓子からごみ箱のほうへ移動した。促されるようにテーブルのお菓子を手に取る。これを持たせてくれた友達とそのお母さんの笑顔がよぎったし、食べ物を粗末にしてはだめ、という母の言葉も耳に蘇って胸が軋《きし》んだ。それでも義父の視線が背中に突き刺さっているのを感じて、震える手で私はそれらを捨てた。カラフルな包装から手を離した瞬間に、自分がとてもひどい人間になった気がして泣きそうになった。

——いつもあの男は、私に確認してきた。「あそこが拭けてないいんじゃないかな?」「こういうお菓子はもらう前に断れたらいいよね」「お母さんが安心すると思うんだけど」

——茜ちゃんは、どう思う?

そうして尋ねられると、私は否を言えなくなる。当初良好な関係でいたいから我慢していたことがそのうち、失望されたら、という恐れにすり替わっていった。私が原因で、母と義父が別れることになったら? 再婚してから、母のクマは目に見えて薄くなった。頭痛薬がテーブルに出しっ放しになっていることも減ったし、家計簿を見つめて険しい顔をしていることもなくなった。あの男は母に対しては、純粋にいい夫だった。

何より声に出すと、本当に自分がそうしたいのだと思えてくるのだ。強要されたのではなく、自分の意思なのだと。

一つのことを指摘されると、次は指摘される前に自主的にするようになった。いつも宿題を早めに片付け、家の掃除をし、お菓子も口にしなくなった。そうすると義父は「茜ちゃんみたいな真面目な娘が持てて本当に自慢だよ」ととても満足そうにするから、私はますます一つも取りこぼせなくなっていった。

潔癖で、教育熱心で、はじめてできた娘に舞い上がっていて、よく力加減を間違ってしまうひと。そんな最初の義父の印象はとっくに崩れていたはずなのに、いつの間にか反発できなくなっていた。不満を唱えるのはわがままになると思った。思い込んでしまった。

だから私の居場所は、呆気《あっけ》なく失われてしまった。

十二月の初頭。私は三つのものを失くした。

一つは、実父の形見の真っ赤なゴムボール。もう一つは、甘さを感じとる味覚。そして最愛の、家族の命だ。

五

「ちゃんとお給料が出る以上、真面目に働いてもらわないと困るよ」

バックルームに続く扉を開けると、通路の隅《すみ》に二人の影が見えた。一方は副店長で、もう一方はそろそろ休憩が終わるだろう穂積《ほづみ》さんだった。

八月、私のインターン終了と入れ替わるように、突然の長期休みを取ったのは彼女だった。長期といっても二週間ほどしたら復帰したけれど、なぜ休んだのかは知らない。聞こうとも思わなかったし、本人も多くは語らなかった。

割り込むべきか迷っている間に、副店長の聞こえよがしなため息が私の鼓膜にまで届く。穂積さんは小さな肩をさらにすぼめるようにして謝っていた。副店長は明らかにいらいらした様子で、組んだ腕を小刻みに揺すった。

「この際だから言うけどさ。この前みたいに、ペットが死んだからってあんなに休むのもどうかと思う」

穂積さんの折れそうな肩がぴくりと跳ねた。私は二人に向かって「すみません、ホールお願いします」と声を張り上げた。二人がぱっとこちらを向いたけれど、返事を待たず踵《きびす》を返した。何も知らないふりで。

その後いつも通りの接客を心がけていたのに、社員さんに「早上がりする……？」とおそるおそる聞かれてしまった。丁重にお断りしたし、副店長よりばりばり働いた。

そのまま締め作業を終え、普段より重たい疲労感に苛《さいな》まれながら横断歩道を渡ろうとしたときだった。スマホが着信を知らせる。母かとどきりとしたけれど、画面に浮かんでいるのは『志摩和馬《しまかずま》』の名前だった。

『今だいじょうぶ？』

このひと、電話でもよく声がとおる。なんでもないことに感心しつつ、横断歩道をやめて歩道橋を上がる。九月の薄闇《うすやみ》の中、眼下で車のヘッドライトたちが線を残していた。

『今日さ、共研にUSB忘れてない？　茶色のマステ巻いてるやつ』

えっ、とスマホを持っていない片手で、思わず背中の鞄を押さえた。いやそんな、まさか。ショルダーベルトから腕を抜き、バックパックの中を漁《あさ》る。しかしいつも入れてある場所にUSBメモリはなく、思い返しても入れた記憶もなかった。

「預かっといてもらえると助かる……うわあ、本当にありがと」

迂闊《うかつ》だ、今までこんなミスしたことないのに。よりにもよって、卒論が入っているデバイスを。バックアップはもちろん取っているし、盗まれるような心配もしていないが、こわいものはこわい。見つけてくれたのが志摩くんで助かった。すくみ上った心臓が徐々に元のリズムを取り戻していく。

『秋尾、今どこ?』

少し迷って、「バイト先」と答える。あそこなら寄れる、と名前が挙がったのは、アパートの最寄りのコンビニだった。以前千裕くんとコーヒーを飲んだところだ。

『前に、あそこの近くのバーで働いててさ、今日行く予定だったんだよね』

それは、助かるけれど。返事をする前に『じゃあ八時に』と通話は切られた。待ち受けのちーちゃんにぱっと切り替わった画面を、意味もなく凝視してしまう。

こういうためらいのなさ、ありがたいけれどちょっと、困る。

欄干《らんかん》にもたれて息をついていると、ふとそばに人影が寄ってきた。通行の邪魔かと目をやれば、いたのは穂積さんだった。

「私、お礼が言いたくって」

また、首をすくめて小さくなっている。帰る方向もちがうはずなのに、追いかけてきてくれた上に、電話が終わるのもずっと待っててくれていたようだった。

「今日ミスしちゃって……副店長から、あれ、助けてくれましたよね?」

ありがとうございました、それに、すみませんでした。がばっと勢いよく、頭を下げられる。志摩くんみたいな先読みの配慮も気後《きおく》れするけれど、こういう不器用な愚直《ぐちょく》さも、これはこれで戸惑ってしまう。

「いや、もっと早く割って入ったらよかった」

ひとまず頭を上げさせれば、とたんに沈黙ができて互いに曖昧に笑い合う。バイトの休憩時間にいくらでも話をしてきたはずなのに、今はどんな話題にも触れづらかった。

「あの、さっきの、彼氏さんですか？　すみません、聞こえちゃって」

「まさかあ。誰が相手でも彼氏みたいなひとだよ、あのひと」

しかもバーで働いていたとか、そんな爆弾が友人にいたなんて。絶対彼のせいで泣いた女、ないし男がいただろうな。とふつうに失礼な想像をしてしまいかぶりを振ると、穂積さんは「勘違いしちゃった、ごめんなさい」とまた眉を下げた。

「大丈夫。穂積さんは、大丈夫？」

目線だけが上げられる。アイドルみたいな大きな目が、ほのかに潤んでいた。

「ごめんね、私も聞こえちゃった」

歩道橋にぬるい風が吹く。姿勢を正した穂積さんは、風に乱れた髪から顔を庇うようにして、「かなり長生きしてくれたんですけどね」と力なく笑った。寿命《じゅみょう》だったんだな、と知る。察する材料は十分にあった。休み明けからバックルームで話していても、彼女があの白い文鳥の写真を見せてくれることはなかったから。それでも心のどこかで、きっと単なる偶然だと思うようにしていたのだ。それは彼女を気遣ったからだけではなく、私が、〝ペットの死〟という事象から目を逸《そ》らしていたからだ。

「朝起きたら、冷たくなってて……寿命だったってわかってるけど、看取《みと》ってあげられなかったのが申し訳なくて。……すみません、ペットロスとか、こんなことで休んじゃ社会でやってけない、ってわかってるんですけど」

「……私は、こんなことじゃないと思う。家族を失うのは、〝こんなこと〟じゃないよ」

話しながら思い出したのか、穂積さんは滲んだ涙が粒になる前にさっと眦《まなじり》を拭った。

「秋尾さんも、わんちゃん飼ってたんですよね」

「うん。飼ってたよ」

「どう……どうやって、乗り越えましたか」

もっとしてあげられること、あったんじゃないかって。声が震えていた。まだ、留まっている。彼女の中に、自分を支えてくれた、もう二度と会えない家族の存在が。

「ごめん。全然まだなんだ。どうしたらいいか、私もまだわからないの。でも……でもね、穂積さん。天寿を全《まっと》うさせてあげられるのって、すごいことだよ」

一度沈んだ目が、私の続けた言葉にはっと微かな光を取り戻した。

「誰でもできることじゃないよ」

じゃあ私、行くね。彼女の手にポケットティッシュを握らせて、手を振る。そっと噛んだ唇が乾ききっていた。


待ち合わせしたコンビニに入ると、志摩くんは雑誌のコーナーにいた。

「これ、合ってるよな？」

「それです……」

取り違えがないようマスキングテープを巻いてあるＵＳＢを差し出され、お礼を言って手を出す。しかし、手に置かれるはずのそれはすっと遠ざけられた。志摩くんはにこっとする。私は自分の頬がぴくっと震えるのを感じた。

「……、何がお望みで」

「ソフトクリーム食べたいなー」

レジを指さして、歯を見せて笑う。変に気を遣わせすぎない、こういうところだ、このひと。歳は同じはずなのに、コミュニケーションの経験値に圧倒的な差がある。

ＵＳＢを受け取りながら「ダッツでもいいよ」と言ったが、「ソフトの気分」と返される。

「秋尾は何味にする」

この期《ご》に及んで私の分を払ってくれる気なのか、スマホを出す志摩くんに肩をすくめて、さっさとソフトクリームとアイスコーヒーを買った。なぜか彼はつまらなさそうな面持《おもも》ちをした。

コンビニを出て、「じゃあ私こっちだから」と帰路を指さすと、志摩くんは目を瞠《みは》った。

「え、帰りこっちなの？」

驚いている彼に首をかしげる。話を聞けば、彼の行き先のバーは私のアパートと同じ方向で、曲がる角だけが反対だった。互いの活動圏が意外と近場だったことが、大学生活四年目にして判明する。私がちょっと引くと、「なんでだよ」と小突かれた。

いつもの帰り道を大学の友達と歩いているこの状況が、妙に落ち着かない。

「ひとに奢《おご》ってもらったアイスは美味い」

「そいつは何より」

志摩くんはくるっとソフトクリームを回して、小さなプラスチックスプーンの持ち手を私に向けた。

「食う？　スプーン、使ってないよ」

首を振ると、彼は「そか」とだけ返してがぶっとソフトを三分の一ほどいっきに食べたので、クレープと戦っていた千裕くんを思い出し、私はほんのり笑ってしまった。

見上げる横顔は、私が言うのもなんだが出会ったころより精悍《せいかん》に感じる。まだお酒も飲めなかったころからのつき合いだ。そう考えると、中学や高校のみ同じだった友人たちより、期間だけなら長く交流があったということになる。しかし全然、そんな実感はない。

——彼氏さんですか？　脳内で穂積さんの声が繰り返される。いや、彼氏なわけがない。こんな、いいひと。

志摩くんが相手だからとか以前に、私は自分が、他人と建設的な恋愛関係を築けると思えたことがなかった。義父のことがトラウマ、というのも、ないわけではない。けれどそれ以上に、私が私という人間に自信を失くしてしまったことが原因という気がしていた。

だって恋愛なんて、多かれ少なかれ自分に自信がなければできないことだ。そうでなければ、他の誰かを自分の世界に入れられないだろう。私は味覚の一部を欠いて以来、ずっと自分自身のことにいっぱいいっぱいで、これまで他人と向き合う余裕もなく生きてきた。誰かの隣に立っている自分、のビジョンをまるで描けないのだ。

飲んだコーヒーの苦味が、私のどうあがいても満たされない部分を素通りしていく。なんだか、志摩くんにも失礼なことを考えてしまった。眉を寄せたところで、「来る？」と聞かれる。コーヒーが気管に入りそうになり、小さく咳《せき》をした。

「新作カクテルの試飲に呼んでもらったんだ。いっしょに来る?」

志摩くんはすでにソフトクリームを食べ終わり、コーンに巻かれていた紙をくしゃっと握りしめている。めずらしく、煮え切らない感じで指をぐずぐずと動かしていた。

「下心とかじゃないっすよ、一応」

「そんな人間とは思ってないよ」

思わず笑えば、彼はぎゅっと唇をしならせた。

お誘い自体はうれしいけれど、明らかに私は試飲に向いていない。ただ、どう断ればいいものか。カクテルならおそらく甘口のものも多いだろうし。感想を聞かれたりしてもきっと答えられない。でも、私がお酒強いことは知られているし。

「秋尾ってさ、もしかして、甘いの苦手?」

悩んでいるところに唐突に尋ねられたから、取り繕いそこねた。コーヒーのストローから口を離すと、「言えよ」と肘で軽く鞄を突かれる。

「いや、言えなかったよな。うわー、誕生日の……ごめん、大失敗だったわ」

「そんな、すごくうれしかったよ、私」

両手で顔を覆《おお》った志摩くんは、「なんとなく、最後疲れてそうかなって思ったんだよ、あのとき」と悔しそうに呻《うめ》いた。

「私がもともと、そういうの言うことなかったから。お祝いしてくれて、幸せ者だなって思ったよ。誰かが悪いっていうんなら、食べられない私が悪い」

「んなわけあるかよ」

私の味覚のことで、親切な誰かに罪悪感を抱かせたくはない。そんな思いで言いつのったが、志摩くんは顔から手を外して強く否定した。

「俺らのリサーチ不足だろ、完全に。せっかくの誕生日だったのに、楽しいことばっかにしてやれなかった。ごめんな」

反論する前に、志摩くんは「でも、大橋《おおはし》たちには言わないようにしとく」と先んじて気を配ってくれた。私は仕方なく、小さくうなずいた。

こんなふうに謝ってもらう必要なんて、本当にないのだ。そう思う一方で、もらった言葉のほのかに光るような温かさが、胸の中にじんわりと馴染《なじ》んでいく。

お礼を言ったらまた気を遣わせるとわかっていながら、それでも伝えたくて口を開いた。

その私の隣を、サイレンを鳴らす救急車が走り抜けた。

走り抜けた赤い光の軌跡が、いやに目に焼きついた。

「近かったんだな」と志摩くんがこぼす。そうだね、と返しつつ、私は救急車がぬるりと速度を落としたことに、足裏が浮くような心地がした。ぴかぴか光るサイレンが、目に痛い。足が止まる。

うなじの皮膚が硬くなって軋むようだった。いやな予感がしていた。首の後ろから体にひびが入りそうで、動けなくなる。

右に、曲がらないで。反射的にそう願ってしまったのを見透かしたように、救急車は右折した。

「……ごめん、私、行くね」

渇いた喉からそれだけ絞り出し、早足で歩き出すと背に名前を投げかけられる。志摩くんはすぐさま追いついてきた。

「いっしょに行く。あっち、アパート？」

「いや、でも、たぶん考えすぎだから……」

自分で自分に言い聞かせている。きっと気のせいに決まっている。それにあそこを曲がってもまだ、みなと荘とは限らない……ああ、この考え方、よくない……。

外れてほしい予感ほど、誠実で裏切らない。みなと荘の前に、救急車が止まっていた。

「――ばあちゃん！」

夜を裂くように聞こえた声が千裕くんのもので、私は心臓をぐちゃぐちゃに握り潰された気分になった。

すくむ足で駆け寄ると、ストレッチャーが車の中に運び込まれたところだった。誰が横たわっているのか、こわくて確認できない。手の中から、結露で濡れたプラスチックカップが落ちて地面に転がった。

101号室の扉は開け放たれたままで、室内から夜を照らすオレンジの光の中、千裕くんのシルエットがくっきり浮かび上がっていた。

「秋尾、知り合いだったのか?」志摩くんの緊迫した声に怖々とうなずいたとき、千裕くんの目が私を見つけた。はくはくと酸素を求めるようにその唇が動く。

「ばあちゃん……茜さん、ばあちゃんが」

ふらつくように私に爪先を向けた千裕くんの腕を思わず掴むと、ひどく震えていた。

「ご家族ですか」と救急隊員のひとに聞かれて、私は首を横に振る。

「千裕くん、家の鍵は」

「あ……鍵、は」

「いや、ごめん大丈夫。私がいるから、千裕くんは行って」

ぜったい、だいじょうぶ。そう背を押した。自分が言った無責任な言葉が、頼りなくその場をただよい、消える。青褪《あおざ》めた千裕くんと、綾乃さんを乗せた救急車が宵闇《よいやみ》に攫《さら》われるように遠ざかっていった。

街灯に照らされる道の端、ただ呆然《ぼうぜん》と立っていた。

「私……」

「秋尾？」

「さっき、私、ちゃんと話せてたよね」

何を言ったか、記憶が定かでなかった。しかしふり向けば、101号室の玄関から伸びる光が、私のことを夜から切り取るように照らしている。この部屋を守るのが私だということだけは、わかっていた。

「ごめん、志摩くん……大丈夫だから」

「大丈夫じゃないだろ。とりあえず、家戻ったほうが」

首を振る。千裕くんと綾乃さんが帰ってくる家を、不用心に放置してはおけない。

「私、ここで待ってなきゃ。志摩くんは、約束が」

「このまま置いとけるわけないだろ」

声を荒げた志摩くんを、あくまでも平静なふりで見上げる。実際にはうなじに触れるブラウスの襟《えり》の刺激すら、〝取り繕った私〟を壊しそうで恐ろしかった。

「うん、でも今、誰かといっしょにいたら私たぶん、立てなくなるから。悪いんだけど、行ってほしい。そのほうが、助かる」

助けてくれたのに、失礼言ってごめん。うまく彼を遠ざける文句が見つからなくて、たどたどしくずるい懇願になる。志摩くんは彼の性格からして当然、この場を離れようとしなかった。それでも私は、似たようなことを繰り返し口にしつづけた。ここで、甘えられない。

「……俺がいないほうが、楽なの」

本当は誰でもいいからそばにいてほしかったけれど、「悪いけど」と嘘をつく。

「あの子が帰ってくるの、待たなきゃいけないから」

今ここで縋《すが》りついたら、もう自力で立てなくなる。自分の脆《もろ》さは、自分が知っている。

「真夜中でもいいからさ、落ち着いたら、必ず連絡ちょうだい。それだけ、いい？」

最終的に志摩くんはそう言って、幾度もふり返りながら去っていった。悪いことを、してしまった。きっとこのあとバーに行ったとしても、彼がそのまま楽しめるようなひとではないと知っているのに。でもあそこで甘えていたら、きっと私は恥も外聞もなく泣きだして、千裕くんを待つことすらできなくなっていた。絶対に大丈夫だと、見送ったのは私だ。待っているのも、私でなくてはならない。

友人の足音が聞こえなくなったとたん、膝が震えた。吐き気がして口を押さえる。

開け放たれたままの玄関は、靴が散らかっていた。ダイニングに続く扉も開いていて、コンロに置かれた片手鍋が目に入る。少し目を動かせば卓袱台の端と、並べられた食器の縁までが見えて視線を逸らした。目に映るすべてに〝さっきまでここで生活していたひと〟の気配を感じ、胃がひっくり返りそうになる。封じ込めるように、玄関の扉を閉じた。

扉を背にすると、敷地の端、さっき落としてしまったカップが転がっていることに気づく。取りに戻れば、三分の一ほど残っていた中身もすでに地面に染み出していた。

カップを拾い、101号室の前まで戻る。扉に背をあずけてずるずると座り込んだ。膝の間に顔を埋《うず》める。目を閉じれば、自分の破裂しそうな鼓動だけが聞こえた。九月半ば、まだ暑さはゆるみきらないのに寒気がして、拭った額は冷や汗でぬるついていた。

今と同じ季節に、母は再婚した。そして十二月に、結婚生活は終わった。ちーちゃんの死とともに。


「茜。服とか必要なもの、全部この中に詰めて」

その日、母は仕事を休んでいた。対して義父はリモートではなく出社する日で、彼を見送ってすぐ、母は大きな鞄を私に差し出してそう言った。「なるべく急いで、お願い」と肩に触られて思わず身を硬くすると、母は泣きそうな目をした。

昨夜、二人がリビングで激しく口論していたことは知っていた。口論というより、母が強い語気で詰め寄っていて、義父はヒステリックな妻をなだめる夫、という役割に徹しているように見えた。

　あのころは自覚がなかったが、私の精神状態は明らかに異常だった。ちーちゃんと触れ合ったあと執拗《しつよう》に自分の服にクリーナーをかけたり、うっすら積もる埃が看過できず掃除して学校に遅れそうになったり、母が買ってきたケーキに手をつけなくなったり。そして掃除や節制の強迫観念に駆られるたび、私は無意識に自分で肩をつねるようになっていた。

　引っ越しのストレスや新たな家族関係を構築するための努力ではないのだと、母は次第に気づいた。決定打は、たまたま私の着替え中に部屋に入ったとき、私の肩の変色した部分を見たことだった。黄色いまだら模様の上に赤を散らしたような、醜《みにく》い内出血の痕。それを目にした母はすぐに階段を駆け下り、リビングにいた父を悲鳴のような声音で詰《なじ》った。

　私は自分が何か過《あやま》ちを犯したせいで二人が喧嘩をしたのだと、冷や汗が止まらず吐きそうになった。どうしよう、また何か失敗した。義父はきっと明日、「よくないことをしたって思う？」と私に聞いてくる。その問いに、私は必ずうなずかなければならない。そうして、自分が不出来でどうしようもない人間だと自覚させられるのだ、いつものように。

　寄る辺がほしくてちーちゃんに抱きつきたくなり、でもできないから、気を紛らわせようと自分の肩を強くつねる。

義父は直接口にしたことこそなかったが、犬が、動物が嫌いだった。私があの子を家に上げようとするたび、掃除や勉強について言及してくるのだ。だからこのときちーちゃんに触れる機会は、以前の半分よりもずっと少なくなっていた。

ちーちゃんに縋りつきたい、と思うと同時に、ごく自然に服に毛がついてしまう、と考えてしまったことに絶望した。大切なあの子に対して、なんてことを。布団の中に潜り込み、その夜はずっと震えていた。

寝不足で瞼が重い。ぼんやりとまばたきすると、昨晩泣きそうに顔を歪めていた母が、今は決然とした面持ちで私を抱きしめた。

「気づかなくってごめんね。だめなお母さんでごめん。いっしょにおじいちゃん家《ち》行こう。もう大丈夫だからね」

だめなお母さんなんかじゃないよ。そう言おうとしたが、出てきたのは「あのひとに怒られる」だった。頬を強張らせた母に「とにかく、準備して。お願い」と懇願され、私はようやくうなずいた。

母は、昨夜のうちには逃亡を決行しなかった。おそらく、実力行使で引き留められると確信するようなやりとりがあったのだろう。感情を押し殺した顔で、大きなボストンバッグに自身の最低限の荷物を詰めはじめた。

私が大きな鞄とランドセルを抱えて二階から下りると、玄関にある戸棚の扉をすべて開けた母が、額を手で押さえて悪態をついていた。ちーちゃんのためのペットキャリーを、義父はいつの間にか処分していたようだった。

母はかまわず私の荷物を取り上げると、代わりにちーちゃんのリードを握らせ、私たちを連れ出した。

「朝ご飯、駅で何か買おうね。これだけお腹《なか》に入れておいて」

そう言って、玄関先で母は私に小さなチョコレートを差し出した。ちーちゃんにも少しおやつを食べさせている母と、手の上の包装を見比べる。大好きだったのに、今は口にするのに抵抗があった。

ためらう私に気づいた母の目が潤んだのを見て、私は慌ててチョコの包みを開け、口に押し込んだ。久々の甘みは妙な罪悪感を覚えるばかりで、あまり美味しいと思えなかった。無心で咀嚼《そしゃく》する私の手を摑んだ母は、空いた手で強く目元を擦《こす》っていた。

義父の家は大きな通りの近くで、母は身を乗り出すようにタクシーを止めた。そこで問題が起きた。ケージに入れていない犬は乗せられないと、タクシー運転手に渋られたのだ。

母は食い下がったが、運転手も規定だから、と首を縦に振らない。言い合う二人をぼんやり眺めていると、ちーちゃんが私の掌にその湿った鼻を押し当てた。黒い瞳が私を心配している。昨晩考えたことを思い出し、とっさに目を逸らしてしまった。

そのとき、私は家にボールを忘れてきたことに気づいた。ちーちゃんと遊ぶときに必須の、赤いゴムボールだ。散らかっていると義父が不機嫌になるから、いつも戸棚の奥に隠すように仕舞っていた。以前は毎日のようにボールで遊んでいたのに、最後に触ったのはひと月以上前だった。

戻るべきでないことなんて、当たり前にわかっていた。けれどあのボールは、本当のお父さんの形見でもある。目の前では母がまだタクシー運転手と交渉している。爪先が、通ってきた道を向いた。

ここへ来るまで一分もかからない。大丈夫、ボールを取って戻るだけ。私は母に背を向け、ちーちゃんを連れて義父の家へと戻った。――戻ってしまった。

家に戻り、棚の奥にひそませていたボールを手にした、そのときだった。玄関で待ってもらっていたちーちゃんが、リビングに飛び込んできた。

だめ、土足で上がったら――この期に及んでそんなことを言いそうになったとき、玄関の開く音がした。

母が私の不在に気づき、追いかけてきたのだと思った。ちーちゃんが姿勢を低くして唸った。近づいてくる足音に、私の肺は膨らんだまま数拍、動かなくなった。代わりのように全身の汗腺《かんせん》が働いて、喉がぬるついた。

足が動かなかった。リビングに姿を現したのは義父だった。

あとから知ったことだが、あの男は昨晩の母との口論から、私たちが翌日には家を出るのではないかと、元より疑っていたらしい。だから出勤の途中で引き返してきたのだ。だが、そんな事態を小学生の子どもが予測できるはずもなかった。なぜ外出したはずの義父がここにいるのかと恐慌《きょうこう》状態になり、私はまばたき一つままならなくなった。常とちがって笑みを浮かべていない、無表情の義父の姿が、騙《だま》し絵のように巨大に目に映っていた。

気づいたときには腕を摑まれて引き寄せられ、大声で何かを言われた。なんと言ったのか。音の温度のなさも、おぞましい口調も覚えているのに、具体的な内容は水の中で聞いたように文字に起こせない。ただ取り落としたボールが、開けっ放しの窓から庭へと転がり落ちていく様だけ、スローモーションのように目に焼きついている。

ちーちゃんの吠《ほ》える声が、そんな私の意識に鮮明さを取り戻した。ちーちゃん、逃げて。声に出せたかわからない、ちーちゃんは義父に飛びかかり、その腕に嚙みついた。

義父は情けない悲鳴を上げて腕をふり払った。ガラステーブルにちーちゃんの体が叩きつけられる。同時に私も床に放り捨てるように投げ出された。

ギャンッと、ちーちゃんの、聞いたことのない鳴き声がした。

私は無我夢中で男の脚《あし》にしがみついた。あの男の感情的な声をこのときはじめて聞いた。摑んでいないほうの脚で腹を蹴《け》られ、吐いた。さっき食べたチョコレートの味が口の中に広がり、喉が焼けるように痛んだ。ゆるんだ腕から脚が引き抜かれた。

また、ちーちゃんが吠えた。嵐のような声に、涙があふれた。だめ、だめ、ちーちゃん。逃げて、ちーちゃん。助けて、ちーちゃん。

「茜！」

母の悲鳴と重なって、濁った、重い音がした。ちーちゃんの声が聞こえなくなった。母の叫びと男の怒鳴り声。何かが割れる音。

ぼやける視界の中、ソファの後ろに横たわっている焦《こ》げ茶の塊《かたまり》が見えた。涙が絶え間なく頬を濡らす。いつも、私の涙を舌で拭ってくれたちーちゃん。さっきだって鼻を押しつけて心配してくれたちーちゃん。今行くから。ちーちゃん、だいじょうぶだから。

息を吸っても吐いても背中がすごく痛くて、今までどうやって呼吸していたのかわからなくなった。もどしてしまったチョコレートの味が舌にこびりついて、気持ち悪かった。ちーちゃんの名前を呼びたいのに、肺からはすかすかの二酸化炭素が出てくるばかりで。這って近づこうとしたけれど、いろんなところが痛んで、カーペットを数センチ這いずるのが精一杯だった。全身を苛む痛みがいつ終わったのか、もう覚えていない。

気がついたら病院のベッドで、頬に湿布《しっぷ》を貼った母が泣いていた。私は肋骨《ろっこつ》にひびが入っていて、意識がはっきりしたときにはもう、ちーちゃんの火葬は終わっていた。

「大丈夫ですか？」

びくっと顔を上げると、スーツを着た年配の男性が私を見下ろしていた。よくゴミ捨て場で挨拶を交わす、１０２号室のひとだった。

慌てて立ち上がり、最低限の説明をした。代わりに外に出ていようかと心配してくれたけれど、丁重に断った。

スマホを握りしめ、その角を額に押しつけて、待ちつづけた。どのくらい経ったのか。着信にはっと目を開ける。画面に見えたのは、綾乃さんの名前だった。

『あかねさん』と画面越しに私を呼んだ声は、千裕くんのものだった。彼とは連絡先を交換していなかったと、そこで気づいた。

『ばあちゃん、一命とりとめました』

全身の骨の継ぎ目が外れたようだった。倒れ込みそうになって、コンクリに手をつく。私が安堵の息を押し殺すと同時に、電話の向こうで微かに咳をする音が聞こえた。千裕くんは一つ一つ区切るように、医者から聞いたのであろう説明を、私にもしてくれた。

脳梗塞《のうこうそく》だったそうだ。買い出しから戻ってきた千裕くんが部屋で倒れている彼女を見つけ、一一九番したらしい。聞きながらスマホを握りしめる。綾乃さんはお誕生日に、最近よく物を落とす、と話していた。あのとき検査を勧めていたら。あぶくのように、後悔が頭の中に次々と浮かび上がる。

電話越しの声音は凪《な》いでいて、涙に濡れた様子もない。でも顔を見ず話すことに、言いしれない不安を覚えた。

高校生、まだ子どもだ。一人で救急車を待っている間、どんなに心細かっただろう。

『父は電話、まだ繋《つな》がらなくて。叔父さんに連絡したら、すぐ来てくれるって。おれのこともいったん家に送ってくれるらしいんで、もう少ししたら、戻ります』

私は家鍵の在処《ありか》を聞いて、一度101号室を離れた。預からせてもらった鍵を自宅のほうで保管し、コンビニに走る。さっきまでじっとしていた反動のように、足は前へ前へと動いた。途中で志摩くんにメッセージを送ると、待ちかまえていたようにすぐ返事が返ってきた。ありがとうとごめんを、何度も打ち込んだ。

自分の部屋に戻ってからも、何度も玄関を開けては引っ込みを繰り返した。外で車が停車するざらついた音がしたときには、とっくに真夜中になっていた。101号室の鍵とさっき買ったものを引っ摑んで飛び出せば、階段の下に、千裕くんは一人でぽつんと立っていた。いつもはきっちり閉じられている襟は開かれ、布地がよれている。

私の階段を下りる音だけが、深夜の空気を神経質に揺らした。手にしたビニール袋を、千裕くんの目の前まで持ち上げる。

「ご飯、まだだよね」

彼はただ無言でうなずいた。

いっしょに上がらせてもらった家は、明かりを灯してなお物悲しい空気が漂っていた。飾られた人形たちも、家主の不在を憂《うれ》えて沈痛な面持ちをしているようだった。

コンロを借りて、買ってきた鍋焼きうどんのアルミの器を火にかける。食べやすくて調理の必要がないものを探したとき、深夜のコンビニで見つけられたのはこれくらいだった。

少しずつ熱気と出汁《だし》の匂いが混ざり合い、広がっていく。吹きこぼすのがこわくてぎらぎら光るアルミ鍋の縁を睨んでいると、無力感に一瞬、膝が崩れそうになった。

なんで私、こんなに、何もできないんだろう。千裕くんや綾乃さんみたいに誰かのために手間を惜しまないひとなら、志摩くんみたいに気を配れるひとなら、よかったのに。

ぷかぷかと揺らぐ油揚げ、ぺらぺらの蒲鉾《かまぼこ》がつゆに躍《おど》る様をじっと睨んで、眼球を覆いはじめる涙が乾くのを待った。アルミの縁に、蒸発したつゆが黒くこびりついていた。

できあがったものを近くにあったお盆に移すとき、指の先を少し火傷《やけど》した。そのおかげで少しばかり、冷静さを取り戻す。

「食べて。まず食べなきゃ。綾乃さんが言ってたことなんでしょ」

まず満腹になるのが大事。以前千裕くんが教えてくれたことだ。卓袱台に置きっぱなしになっていた二膳《ぜん》の箸のうち、黒いほうを千裕くんはのろのろと手に取った。

彼が食べ終わるまでは、ここにいさせてもらうことにした。点けっぱなしになっているテレビの音声が、私たちの間を素通りしていく。

「叔父さんが、送ってくれたんですけど。その途中で、父さんと電話繋がって。もう少ししたら、父が、来てくれるそうです」

少し食べたところで、千裕くんはようやくそれだけ言った。そっか、よかった、とうなずく。「じゃあそれまでは、ここにいる」告げる声が震えないよう、細心の注意を払った。

しばらく、千裕くんがうどんを食べる物音だけ聞いていた。ず、と啜《すす》る音がした。クッションの横に転がっていたティッシュの箱を拾い、天板にすべらせる。千裕くんはこほこほと咳をした。

「おれ、なんにも……できなくて」

ティッシュを目元に押しつけ、そう呻く。つゆの香りが、慰めのようにふっと強く立ち上った。

「救急車呼んで、叔父さんにもお父さんにも連絡したんでしょ。できること、ぜんぶやってる。頑張ったんだよ。頑張った」

家族を失う恐怖が、それに一人で耐える孤独が。どれほどひとを無防備にして、やわらかな部分を踏み荒すか。私はそれをよく知っている。

「きみがいたからだよ。きみがいたから、綾乃さんは生きてる」

綾乃さんが生きていてよかった。この子が、家族を失わなくてよかった。安堵だけが体の内側に満ちる。

私はこの子に、しあわせでいてほしかった。お腹が空《す》くと何か口にしたくなるように、疲れて眠りたくなるように、自然とそう望んだ。繰り返し繰り返し、彼の奥底にその言葉が浸透するまで、私は繰り返した。頑張ったんだ、だから綾乃さんは助かった。頑張った。

何度も嗚咽《おえつ》を漏らし、時折むせながら、千裕くんはうどんを食べた。生活を、いつもの営みを取り戻すように、食べることに集中しようと努力して食べていた。

その姿に、歩道橋の上で見た、穂積さんの潤んだ目が思い起こされた。家族を失うのは、やっぱり全然〝こんなこと〟じゃない。こんなことなんかじゃないよ。

六

背後から手首を摑まれたとき、反射でその手をふり払おうとした。予想以上にその拘束はゆるく、手は簡単に剝がれる。

「ごめん、びっくりさせた？」

大学の講義棟の前で、私を捕まえたのは志摩くんだった。どのあたりで見つけて駆けつけてくれたのか、微かに息を切らしている。「名前呼ぼうと思ったのに、なんか、声出なかったわ」と口に手の甲を押しつける彼はいつだって、ひとを責める言葉選びをしない。

あれからもう二週間近く経っているのに、直接会うことがなかった。

「この前は……本当にごめん。ありがとう、私、一人だったらたぶん、まともに話すこともできなかったと思う」

「何回謝るんだよ、死ぬほど聞いた」

なんとなく、いつにない気まずさに押し黙る私にそれ以上何を言うでもなく、志摩くんは自然と私の進行方向へ歩き出した。私も、そのまま彼に続いた。

「じゃあ、これからお見舞いなんだ」

うん、とうなずく。歩きながら私は志摩くんに、あの日倒れたのがアパートの管理人さんであることや、彼女がお世話になっている大切なひとであることを簡単に説明した。夜中に連絡を入れたときは、動揺していたこともあり詳細までは話さなかったのだ。二週間の間、きっと志摩くんは私が落ち着くまで、何があったのか尋ねるのを待っていてくれたのだろう。知らない人間とはいえ、ひとが救急車で運ばれている場面に直面して彼も動揺したにちがいないのに。本当に頭が下がる思いだった。

キャンパスを歩いていると、染まっていく並木に十月に入ったと実感する。この前は半袖だった志摩くんも、今は薄手のパーカーを羽織っていた。

「ちょっと麻痺《まひ》は残ったみたいなんだけど。でも、リハビリで前みたいに動けるって」

今日はこれから、綾乃さんのお見舞いに行く予定だった。

意識の回復も早かった本人は、もうすっかり元気を取り戻している。リハビリ云々《うんぬん》よりもしばらく店を閉めなければならないことや、お酒を飲めないことを嘆いていたらしい。千裕くんから聞いたときは笑ったけれど、そのあと一人になったとき、安心しすぎてひっそり泣いてしまった。

「大事にならなかったなら、よかった、ほんと」

彼のごつめのスニーカーが、ゆったりと石畳を踏む。私と歩幅を合わせてくれる志摩くんは、きっと心からそう思ってくれている。

「あのときは、追い払うようなことしてごめん」

今思い出しても申し訳なくて目を伏せたが、志摩くんは恩着せがましくするでもなく、

「また謝る」とぽんと私のバックパックを叩いた。

「千裕くん……お孫さんの対処が早かったおかげだと思う」

「あの子、お孫さんだったんだ。大変だったな。高校生？」

「うん。トラウマにならなきゃいいんだけどね」

学部棟に入り階段を上がる。理系の棟とちがってこちらは建物が古く、階段は昼間にもかかわらず常に薄暗い。踊り場まで上がると、後ろについてきていた志摩くんの足音がふと止まった。

「俺は、秋尾のほうも心配だけど」

未だ階段を上りきらない分、彼の頭の位置は普段より低い。私の耳により近く聞こえる声が、狭い通路に反響する。

「平気だった？」

気遣わしげな眼差しも、いつもより近い。

志摩くんとは、三年以上のつき合いがある。講義がかぶることも多かったし、研究室で

課題をこなすメンバーもほぼ固定だから、大学でともに過ごした時間は私の中ではかなり長い部類に入る。

でもこんな顔は、はじめて見る。私が甘いものを不得手とすることを知ったときより、ずっと不安定で、湿っぽい悔恨すら感じさせる面持ちだった。

「俺、頼りなかったよな」

「なんで」

「頼り甲斐《がい》あったら、素直にここにいてほしいって言えただろ、秋尾も」

なんでそうなるの。反論したいのに、何を言っても不格好な言い訳になりそうだった。全然、彼みたいにできない。そして実際、あのとき志摩くんがいてくれてよかったと思ったのは嘘ではないけれど、離れてくれて安心したのもまた、ひどい話だが事実だった。

おもむろに、志摩くんは一段飛ばしで階段を上がった。たった三歩で私に追いつく。踊り場の明かり取りのような窓から入る日に、彼の顔がうっすらと逆光になる。

「ちがう?」

「……心細かったけど、きっと、すごく醜態《しゅうたい》さらすことになったから。あれ以上、困らせるわけにもいかないし」

結局そんな、無難な文句しか思いつかなかった。嘘ではないのに心苦しかった。志摩くんは私を追い抜いて、続く階段を上っていく。彼の歩幅は大きく、あっという間に差をつけられてしまう。いつもよりもっと上から見下ろされて、距離が開いているのに追い詰められたような気にさせられた。

睨まれている、と思ったけれど、日の光に目を細めただけのようだった。

ほんのりとすくむ自分の足を無理やり動かして、追いつこうと階段に爪先をかける。

「何か、お礼させて。バイト先の喫茶店、前話したでしょ。私がシフトのときに来てくれたら、全部奢《おご》る」

私を見下ろす彼の眼差しが、日が傾くようにさびしい翳《かげ》りを帯びた。

「秋尾ってさ、俺らとか後輩にはめちゃくちゃやさしいくせに、薄情だよな」

聞き返されるのを拒むように、また階段を飛ばして志摩くんは行ってしまった。

薄情。中傷や当てつけではないだろうただ純粋な評価が、私の中で宙ぶらりんになる。

七

返答を待ってから扉をスライドさせると、何か言うより先に綾乃さんは顔を輝かせた。

「また来てくれたの、うれしい」

病室の窓際には、入院して半月以上経った今も豪華な見舞いの品が並んでいる。大した物も持ってこられない私の来訪を大袈裟に喜んでもらって、面映《おもは》ゆい。

「これ、適当に見繕ってきました。こっちは返しときますね」

レンタルしたブルーレイをわたし、代わりに先週置いていったものを回収する。お見舞いの品にはしばらく悩んだが、結局体裁より実を取った。実際ものすごく感謝された。病院という場所では、待ち時間も入院期間もえてして暇だ。

「倒れたときだって、すごく助けてもらったって千裕から聞いたのに。退院したら、美味しいものいっぱい作るからね」

「それは楽しみですけど。でも、綾乃さんが元気でいてくれるだけで十分ですよ」

嘘偽《いつわ》りない本心だが、気障《きざ》な口説き文句でも聞いたみたいにからからと笑われた。

「千裕といえば、さっきまでここにいたんだよ。売店行ったから、そのうち戻ってくると思う」

「元気です？　彼」

勧めてもらった椅子《いす》に腰を下ろす。綾乃さんはおそらく甘くないお菓子を探してくれているのか、お見舞いの山を物色しながらうなずいた。

「しんどい思いさせちゃったけど。あちらさんとも、うまくやってるみたい」

膝に置いた鞄を抱く腕から、少し力が抜ける。そこが、いちばん気になっていた。

千裕くんは今みなと荘ではなく、お父さんのお宅——元々住んでいた家に戻っている。彼なら一人暮らしも問題ないだろうが、私もこういういきさつで一人にするのは心配だったから、話を聞いたときは安心した。綾乃さんが退院するまでは、お父さんとその婚約者さん——まだ籍を入れていないらしい——といっしょに暮らすそうだ。

そんなわけで、千裕くんとはずいぶん顔を合わせていない。でも綾乃さんの様子を見るに、彼らの三人暮らしの感触は悪くないようだった。

「茜ちゃんは食べてる？　ちゃんと」

なので、綾乃さんの心配は目下、孫ではなく私に向いている。自分たちがいないと食をおろそかにする人間だと思われているのだ、私は。少なくとも丸三年以上、大病もすることなく一人で生きてきたのに。遺憾《いかん》だ。

「ご飯に誘ってくれる友達くらいいるんですよ、私にも」

まあ断ることも多いけれど。胸に仕舞った続きを見透かしたように、綾乃さんはふうん、と頬杖をつく。それ以降、食事については触れられなかった。

それからは彼女の映画の感想を聞いたり、他愛ない世間話をした。病院というところは話し相手がほしくなる場所だということも、私は知っている。

話の途中で左手の指の半分が動きづらい彼女に代わり、プレーヤーに新しいブルーレイをセットしたところで、お暇《いとま》することにした。千裕くんが戻るまでいればいいと言ってもらったけれど、彼に会うのは機会があればでかまわない。もちろん顔を見たい気持ちはあるが、まず綾乃さんを疲れさせたくなかった。一概に話し相手を求めているといっても、他人の私が相手だと多かれ少なかれ気を遣うのも、また事実だろうから。

病室を出る間際、彼女の笑顔の奥に私を案ずる気配を見つけて、背がむずがゆくなった。

夏が長引いていく昨今ではあるが、病院を出てはじめに顔に吹きつけた風は、ほのかに秋特有の乾きを帯びていた。冷たい空気が入らないよう、シャツの前をきゅっと握る。

季節が目の前で移り変わろうとしているようだ。そのうちまだ先だと思っていたクリスマスが来て、年が明け、私はこの街を去る。

秋風を受けて、そうかもしれない、と思った。私、薄情なのかもしれない。

千裕くんが元気にしていると聞いたとき。このまま今の関係を薄めていったほうがいいのかもしれないと、考えてしまった。嗚咽を嚙み殺すようにしてうどんを食べていたあの子の、箸を持つ震えた手を思えば、なおさら。

生々しい下心も、薄暗い打算も、闇雲な妄信《もうしん》も、千裕くんからはまるで感じない。彼にとって私は料理を食べさせたいご近所さんで、私にとっても、彼は料理が上手い近所の子どもだった。健康に健全に、生活していてほしい男の子。言葉で表せばただそれだけの存在で、それ以外になりたいとも思わない。でもときどき顔を合わせる同級生や後輩、院生の先輩よりも、千裕くんはずっと、秋尾茜という人間に近しいひとだった。

そういう関係は、あるいは友人や恋人よりも、得難いものではないだろうかと、今さらながら思う。性別も年齢も血縁も関係なく、ただ無垢《むく》に、笑顔でいてほしいと願える存在がいる。人生において、きっとめったにないことだ。何度も訪れることはないだろう、貴重な出会いだ。

彼はとてもいい子だ。いい子の彼は、別れの痛みを逃がすことは上手いだろうか。夏に空き部屋になった私の隣室に、まだ入居者はいなかった。

総合病院の、広く景観が整えられた中庭を突っ切り、ベンチにいる小さな子どもたちの前を通り抜ける。何かのイベントなのか、子どもたちはかぼちゃの形に切り取られた紙を持っていた。

そうだ、クリスマスの前に、ハロウィンがある。ちーちゃん、かぼちゃが好きだったな。甘いもの好きの愛犬の、私を見上げるうるうるとした黒い瞳。好きだけど自分が食べすぎてはいけないものだと、賢いあの子はわかっていた。だからねだって私を困らせるようなこともしなかった。私はそんなちーちゃんのために、皮を除き、ほぐして硬い繊維がないか確認して、少しだけあげていた。甘やかすときは、そのときにできるだけのことをしてあげたかった。大好きだったから。

『――わんちゃんと食べたものの味を、覚えてる？』

病院、という場所から思い出すのは、例の事件のあと入院していたころより、その後味覚障害の治療のために赴いたときの記憶だ。

義父は、建築デザイナーとして業界ではほどほどに名を馳《は》せていたらしい。あの男の逮捕により少しの間、多くはないがメディアに執拗《しつよう》につきまとわれた時期があった。母は「ご飯の味が変」と言う私を、周囲の目をかいくぐるように外へ連れ出し、耳鼻咽喉《じびいんこう》科を受診させた。そしてその翌日、今度は心療内科へと行き先を変えた。

その医者は四、五十代の女性で、ずっと目を細めていたのがこわかったような気がする。

ちーちゃんと半分こしたものは、たくさんあった。さつまいもやかぼちゃもそうだし、苺《いちご》が特にお気に入りで、いつも母とどのくらいならあげてもいいか調べて、分け合って食べていた。

そうしていたはずなのに、思い出そうとすると舌の上で透明な石を転がしているように、感想は何も出てこない。

『体に問題がないのであれば、心のほうがね、体にストップをかけてるんだと思いますよ』

背に添えられていた母の手が強張ったことを、いやに鮮明に覚えている。

『ある日突然、わかるようになる日も来るかもしれない。逆に、悪化することもあるかもしれない。まずは普段通りの生活ができるように……』

母と医師が会話する中、私は先生の肩越しに窓の外、薄い光が差し込んでいるのを眺めていた。なんとなく肩をさすった。無意識につねるのが癖になっていて、皮膚はずっと変色したままだった。

少し体を傾けた医者が、目だけで私の視線を自分に向けさせる。哀《あわ》れむような眼差しだった。彼女は微笑んで言った。

『大丈夫だからね』

大丈夫？　大丈夫なのだろうか。本当に？

ちーちゃんがいないのに、私大丈夫でいられるの。

「――ちーちゃん」

はっと現実に引き戻される。空耳だったのだろうか。声の主を探して、病院の中庭を見わたす。

風が吹き、薄く乾いた葉が舞い上がった。はらはらと落ちる葉の奥に、学ランの男の子が見えた。半月会わずともまるで変わりのない、千裕くんの姿がそこにあった。彼は、誰かと話しているようだった。

　最初、病院に診察に来たひとだと思った。それほどにその女性は痩《や》せて、顔も青白かった。そばで大声を上げたら粉々に罅割《ひびわ》れそうな、玻璃《はり》のような印象のひとだった。

　そのひとが半歩、千裕くんに踏み出す。千裕くんはすぐに後ずさり、病院のオフホワイトの壁に背をつけた。女性の顔が、私の目にくっきりと映る。綾乃さんに似ていた。でも、唇の形がちがった。その顔はやつれてはいたものの、前に写真で見せてもらった、千裕くんの母親によく似ていた。

　私のパンプスの足裏が、アスファルトにぴたりと貼りついている。女性の頰はこけ、ほうれい線が深く浮き出ていた。痩せている分、とても老け込んで見える。首元に浮き出る皺《しわ》は、綾乃さんのそれだと快活に見えるのに、彼女の場合は病的な雰囲気をより克明《こくめい》にしていた。胸がつきりと痛みを発する。かつて見上げた男の顔を思い出し、喉が干上がった。行かなきゃ。あのとき、勘違いでハルカさんに責められていたときみたいに、私が行かなきゃ。

「千裕」

　女性が息子の名を呼んだ。洞窟《どうくつ》を抜ける風のような、物悲しい声だった。

「千裕、お願い。やっぱり千裕がいてくれなきゃお母さん、大丈夫じゃないの」

彼の骨張った、美味しい料理を作る手が、白く薄い両手にぎゅうと握り込まれた。

靴裏がアスファルトから剝がれ、気がつけば飛び込むように、私は千裕くんの腕を摑んでいた。

「綾乃さんが呼んでるよ」

千裕くんの目が、ぐっと開かれた。彼の腕を引きながら目だけを動かせば、女性――珠緒さん、と、目が合った。

痩せた、薄い陶器のように頼りなげな女性だった。子どもに食事を与えないような非道さとは無縁の、吹けば飛ぶようなか弱い印象だった。彼女は闖入者《ちんにゅうしゃ》を疎《うと》むでもなく、私が見えなくなったみたいにすぐ千裕くんへ視線を戻す。握っている息子の手にメモ紙を押しつけていた。くしゃ、と乾いた音が鳴る。

「千裕、連絡、待ってるから」

うなじの産毛《うぶげ》が逆立って、私は千裕くんの手を強く引き、中庭のほうへ戻っていった。追いかけてくる足音はなかった。

中庭を通り、病院の一棟の前を過ぎたところで、手を放した。千裕くんは抵抗することなくついてきてくれたけれど、彼の戸惑いが袖越しに触れる手首から伝わっていた。あかねさん、と呼ばれる。

「あの、ありがとうございました、また、助けてもらっ……茜さん？」

口元を押さえてその場にしゃがむ。空気が圧を増したように、千裕くんのうろたえた声がぐにゃぐにゃと耳の中で跳ね返った。ひとを呼んでこようとする彼の制服の裾を摑み、なんとかその場に押し留める。ぎゅっと目を瞑《つむ》る。吐きそうだ。

「立てますか」と頭の上に焦った声が降る。瞼を上げ、ぼやけた視界のままうなずいて立ち上がった。ゆっくり歩き出す彼に続いて、どこへ行くのかもわからないまま足を動かす。

リハビリや、散歩中の入院患者が休みやすいようにだろう、等間隔に設置されたベンチの一つに腰掛ける。千裕くんは飲み物買ってきます、とその場を離れてしまった。行かなくていい、と言おうとしたら先回りするように、「あのひととは会わないように気をつけますから」と告げられた。

ハルカさんに詰め寄られていたときですら、あんなにつらそうだったのに。たった今トラウマと相対していた子に、気を遣わせている。その失態に、臓器がひずんでいくようにますます気持ち悪くなる。

千裕くんはすぐに戻ってきた。手には二つ、紙のカップを持っている。コーヒーの香りが、ふうっと鼻先にたなびいた。

「中に、コーヒーショップあって」

水とかのがいいかと思ったんですけど、あったかいほうに、しました。小走りでやってきた彼が差し出してくれたカップの、プラスチックの蓋、飲み口の奥に、真っ黒い波がゆらめいていた。

背後に並ぶのは常緑樹なのか、紅葉の兆《きざ》しは見られない。建物や樹木の陰《かげ》になっているせいか、このベンチの周りだけ夏とも秋ともつかず、世界から切り離されたようだった。紙コップのスリーブ越しに、少しずつ指先が温まっていく。コーヒーの香りをかいでいると、脳が膨張したかのような頭痛が少しずつましになってきた。前傾していた上体を起こす。肋骨の、かつてひびの入った箇所が、つきつきと針で突かれたように痛んだ。

あの日と逆だ。ありがとう、とカップを握り込む。はい、と隣で千裕くんがうなずいた。

「さっきのひと……」

「母です」

千裕くんはコーヒーを啜り、熱かったのか微かに顔を顰《しか》めた。「ばあちゃんが倒れて、叔父さんが連絡、入れたって。ばあちゃんとは絶縁状態みたいだけど、叔父さんとだけ、たまに連絡取ってるらしいんです」そう淡々と続け、コーヒーを吹き冷ます。

正直、もっと、動揺しているかと思った。私のせいだろうか。私のほうが不調を見せてしまったから、彼に不安を吐き出しづらくさせたのだろうか。

でも千裕くんの横顔は曇りなく静かで、慎重に注視しても、何に動じた様子もなかった。

「もしかして、ばあちゃんからなにか、聞いてますか」

ごめん、と首肯する。千裕くんは穏やかにかぶりを振った。

「すぐには気づかなかったんです。もう十年くらい、会ってないし……」

プラスチックの蓋の縁を手慰みのようにいじりながら、千裕くんはみなと荘にいたときと変わらない、こなれていない笑みを見せた。

「おれも、なんかもっと、苦しくなったりするんだろうなって思ってたんですけど」

大丈夫です、茜さん。思ったより全然、おれ、大丈夫ですから……。

「大丈夫じゃないって言って」

そのとき、はじめて目が合った気がした。何も見ていなかった千裕くんの瞳が私を捉《とら》えた。切れ長の目は見開かれるとあどけなく、知っているよりももっとずっと幼く映った。

――薄情だよな。耳に蘇った声が、今さら胸を刺し貫く。志摩くんが言っていたことを、こんな形でようやく理解する。頼ってもらえない不甲斐なさ、頼ってくれない相手の頑迷さに背骨が震えた。手の中のコーヒーがさざなみを打つ。

瞠目《どうもく》したまま固まる千裕くんに、はっと私も息の仕方を取り戻した。コーヒーの香りだけが、ただ私をなだめるように立ち上っていた。

ごめん、と告げた声は、引っ掻《か》いたみたいな音になる。こんなふうに責めたかったわけじゃなくて、と胸の内で言い訳が情けなく絡まった。

一口気を紛らわせるように飲んだコーヒーの苦味が、全身に染みていく。

「でもおれ、もうずっと前に、あなたに助けてもらいましたから」

千裕くんがぽつりと言った。カップを持った両手を投げ出すように脚の間に置いて、どこかから飛んできた足元の枯葉を蹴るふりをする。

「茜さんに恩があるって、前に言ったの……覚えてますか」

とっさにうなずいた私のほうに視線こそ向けてはこなかったが、千裕くんの唇は薄く弧を描いていた。みなと荘に来る前から私を知っていた、と、かつて彼は教えてくれた。はじめて101号室に招かれたときや、パスタをもらったときに。以来その過去についてをずっと聞きたくて、でもその機会はずっと訪れなかった。たった今まで。

コーヒーの匂いに包まれ、木のベンチに並んで座っている。間には人ひとり余裕で座れる空間があって、私たちは偶然同じベンチを選んだだけの、まったくの他人のようだった。

「茜さんの『ちーちゃん』は、すごく、かっこいい子だった。綺麗な焦げ茶の毛並みで、赤い首輪が似合ってた。茜さんが投げたボールをキャッチするのが、すごく上手だった」

私の手の中のコーヒーだけが、音を立てた。彼の横顔は静謐《せいひつ》だった。

私の待ち受けはちーちゃんだし、家には写真を飾っている。でもそれを、彼に見せた記憶はない。ボールをキャッチするのが上手いなんてことも、知っているはずがない。

——もっと前に、助けてもらったこと、あります。手が微かに震えた。アパートの蒸し暑い廊下で話してくれた、ずっと触れられなかった彼の話。コーヒーを飲んだばかりなのに、砂漠にいるように喉が干上がる。

千裕くんは空気に溶かすように、ゆるゆると語りはじめた。

「子どものころ、両親が離婚してから、団地に住むようになりました。その団地は、河原に面してて。おれが住んでたのは二階で、ちょうどその河原が見渡せるんです。そこで遊んでる子どもの声も、よく聞こえました」

河原。引っ越す前は、よく遊んだ場所だ。波が寄せるように、きんと耳鳴りがした。

「まだ、幼稚園くらいのころ。いきなり外から『ちーちゃん！』って呼ばれて、びっくりしました。母はおれのこと、子どものころは、ちーちゃんて呼んでたんです」

女の子が欲しかったらしくて、と唇だけで笑って、首の後ろを手で押さえる。さっきの「ちーちゃん」と言う呼び声の主に気づき、息が詰まった。目を離すことができない。

まさかそんな偶然、あるわけ。いや、でも。

「だからおれ、自分が呼ばれたと思ったんですけど。ちがいました。河原で、おれより年上の女の子が、犬と遊んでるのが見えました。ちーちゃんは、その犬の名前でした」

チョコレート色の犬です。

話す彼の横顔を、信じられない思いで見つめていた。千裕くんは子どもに絵本を読み聞かせるように、ざらつきのない声音で話しつづける。カップの曲面を撫でる指は、昔話の手触りを確かめているようだった。

その子は、いっつも楽しそうで。犬のことたくさん撫でて、褒めてて。犬も女の子といっしょにいると、ずーっとしっぽ振って、うれしそうで。いっしょに仲よくおやつ食べたりしてるの見て、いいなあって、ずっと思ってました。こっちの「ちーちゃん」は、いいなあって。

ちーちゃんになりたかった。こんなふうに、大好きなひとに愛されてるちーちゃんに。五歳くらいのときから、小学校上がるくらいまでだから、……二年くらい？　いつも見てました。おれもああなりたいって思いながら。母さんがおれのことたくさん褒めてくれて、抱きしめてくれて。無視されても、腹が減っても、いつか母さんとこうなれるんじゃないかって。……まあ、そんな日はこなかったんですけどね。

でも小学生になって、夏くらいからぱったり、来なくなって。引っ越したのかもって、すごく残念だったけど。でもそれからずっと、つらいときはその女の子と、「ちーちゃん」のこと考えるようにしたんです。世の中にはあんなしあわせな「ちーちゃん」がいるってこと、覚えておきたかった。おれと母ももしかしたらいつか、あんなふうになれるのかもしれないって。

……一回だけ。一回だけ、会ったんですよ。あんまり楽しそうだから、おれ、こっそり家抜け出して河原行ったんです。離れたとこから見てたら、おれのほうにボールが飛んできて。慌てて近くの茂みに隠れたけど、ちーちゃんに見つかりました。吠えられるかなって思ったら、全然大人しくて。背中、撫でさせてくれました。それから腕、舐《な》められました。覚えてます。そしたらあなたがやってきた。ボール、拾ってくれてありがとうって。おれがボール返したら、じゃあねって、行っちゃった……。

「おれ、あのころ躾《しつけ》って言われて、よくつねられてたんです。もうずいぶん薄くなったけど、前に父さんが虐待疑われたことがあって。それから隠してます。ちーちゃん、手とかじゃなくて、わざわざここを舐めてくれました。びっくりした」

千裕くんが袖をまくると、キッチンで見たときと変わらずそこには、変色した皮膚があった。彼はすぐに、さっと袖を下ろす。

「舌が、あったかくて。ほんとに生きてるって思ったら、なんでか、泣きそうになったんですよね」

千裕くんは私のほうを向いた。懐かしい記憶をなぞる、びろうどのようなやわい眼差し、切れ長のその、黒い目。

「なんで、話してくれなかったの」

ちーちゃんとボール遊びをする中で、ひとにボールを拾ってもらったことは何度かあった。しかしその顔までは思い出すことができない。きっとそれくらい、本当に数十秒のことだったはずだ。

恥ずかしそうに髪をかき回し、「ストーカーみたいできもいかなって思ったのと、あと最初会ったときは、確信もなくて」と彼は眉を下げた。

「ボールに、『あかね』って名前があったの、覚えてて。だからばあちゃんに、この子が茜ちゃん、って聞かされたとき、名前同じだし、なんとなく似てるような気して。それで初対面のとき、ちーちゃんって呼ばれてるとか言ってみたんです。もし本人だったら、飼い犬とおんなじ名前だーって反応あるかと思って。まあすべっただけでしたけど」

初対面を思い出し、手が震えた。

思ったよ。おんなじ名前だって思って、親近感が湧いて。だからきみの名前、すぐに覚えたの、私。

「そのあとも、甘いもの食べないとか言うから、もしかしたらまじで同じ名前なだけかーって思ってたんです。よくクッキーとか食べてるのも窓から見てたから。でも」

でもやっぱり、あなただった。

くしゃりと笑ったその顔が、あまりにも笑うという行為に不慣れで、胸が張り裂けそうになる。

ちーちゃん。きみも小さいころのこの子に、出会ってたんだ。

「茜さんたちが来なくなって、しばらくしてから。おれ、母に殺されそうになったんです」

前触れなく飛び出した単語は、その重さに反して呆気なく告げられた。聞き違いかと伏せていた目を上げる。千裕くんは震え一つ見せず、一口、コーヒーで口を湿らせた。

「あのひと父さんと離婚してから、どんどん情緒不安定になってたんですけど。その日は特にひどくて。すっげー怒鳴られて、殴られて……つねられるの除いたら、たまに叩かれる程度だったんですけど。あの日はたまたまビンタがクリーンヒットしちゃって」

そのまま机で頭打ったおれ見て、慌てておれのこと起こして……あのひと、泣いたんです。今思うとDVの典型なんですけど。ちーちゃん、ごめんねって。

「それで、母さん、泣きながら……もう、いっしょに死のうか、って」

おれの首に、両手当てて。

「そのとき急に、わかっちゃったんですよね。あー、おれと母さんってきっと、ああいうふうには……あの女の子とちーちゃんみたいには、なれないんだなって。ちーちゃんって呼ばれたときの、響きが、ちがいすぎて……あのひとは、きっと」

千裕くんは伏せた目から、涙がこぼれる前に目の縁を拭った。

母さんは。

「母さんはおれのこと、愛してないんだなって……」

腕を舐められたときのあったかさ思い出して、おれ、探しに行ったんです、女の子とちーちゃんを。目元を幾度もこすり、千裕くんは歯を見せて無理やり笑った。「雪の中、家飛び出して河原に行こうとしたところを、近所のひとに保護されました。けっこう騒ぎが聞こえてたみたいで」努めて明るく話そうとしている声が、ところどころ上擦《うわず》る。

コーヒーの湯気の向こうに、真っ赤に充血した瞳があった。

「茜さんとちーちゃんがいなかったら。おれ、あのとき死んでたかもしれない。母さんも死ぬか、犯罪者になってた。だから茜さんに会ったとき、恩返しがしたかった。おれができることで、なんでもいいから、何か……」

彼が、無垢なほど私を慕ってくれる理由。安易な名前の関係を当てはめずとも、ただ私という人間を尊重しようとしてくれたわけが、そこにあった。それは雨の日の傘だったり、辛い料理だったり、秋の空の下で語られる、過去の記憶の形をしていた。

千裕くんの姿がぼやけた。コーヒーの、苦い香りがつんと鼻に触れる。

ちーちゃんを失ってから、母はちーちゃんのことをほとんど話題に出さなくなった。私も思い出話を口にできなくなった。互いに傷つけることをおそれて、ちーちゃんと過ごした日々はまるで、私の中で舵《かじ》も帆もない小舟のように現実味なくたゆたっていた。

でも、彼が現れた。私がちーちゃんを大好きでいたことを、ちーちゃんが私を愛してくれていたことを、覚えているひとがいる。私たちの日々に支えられたという子が、ここにいる。

「きみが、生きてくれて、よかった……」

ちーちゃん。きみがこの子を守ったんだね。喉が苦く痛む。

私もそんなきみを、守りたかったよ。ごめんね、ちーちゃん。

八

『続柄』の欄に困って、一瞬迷い、受付の先生に怪しまれないようなるべく自然に、『姉』と書くことにした。さすがに、(元)ご近所さんとは書けなかったので。

高校の体育祭なんて、大学生になってからはもう縁のないものだったのに。まさかこんな形で関わることになるなんて、人生はわからない。

「写真がほしくて」

病室で、綾乃さんは大真面目にそう言った。

「千裕の体育祭、けっこう楽しみにしてたわけよ。あの子リレーの選手になったらしいし。当日は絶対いいポジション確保してやるって思ってたのに、このザマじゃない？」

写真、撮ってもらえないかな。

神妙な顔つきで、この日って用事ある？　と聞いてきたから、何かと思えば。病室の椅子に座ったまま、「はあ……」とうなずく。

「それは……一大事ですね」

「浩一くん、休みが基本土日じゃないんだよ。お相手さんも運悪く出張が被《かぶ》って、だーれも行けなくなっちゃって。勝手なお願いなのは、重々承知してるんだけど」

聞くところによると、お父さんがいけないことが多かったので、千裕くんの学校行事はこれまで綾乃さんが行くことが多かったらしい。綾乃さんの頼み事なら、できることはしてあげたい。でも、こういうのって。

「その日はシフト夕方からなんで、私は全然かまいませんけど……。ただあの、千裕くんが許可しないいんじゃないですかね……」

高校生、まだ思春期の範囲だ。特に男の子なんて、友人たちに自分の身内（ではないけど）を見られるの、いちばんいやなのではないだろうか。以前飲み屋街に千裕くんを探しに行った際、彼の友達との会話に割り込んではいけないと、慌てて隠れたことを思い出す。

持ってきたお茶を飲みながら唸ると、綾乃さんは「それもそうだね」とここで千裕くんに電話をかけはじめた。行動が早い。

『え、茜さんが来るんですか？』

ああほら、どう断ろうか悩んでいる。祖母から話を聞いた千裕くんの、戸惑った声が漏れ聞こえた。これは私のほうから断るのが無難だろうか。綾乃さんに写真は届けてあげたいけれど、千裕くんが嫌がることはできない。スピーカーに切り替えられたスマホに話しかけようとすると、千裕くんが切り出してきた。

『なんか食べたい物とかあります？』

いいんだ。しかもご飯作る気なんだ。綾乃さんが親指を立てた。

そんな経緯で流れるように、高校生の体育祭に突撃することになってしまった。いや、本人がいいならいいけれど。そして綾乃さんは孫の勇姿を冥途《めいど》の土産にしたいとか、縁起でもないことを言わないでほしい。

アナウンスがプログラムの始まりを宣言し、ムカデ競走の掛け声に声援が混ざる。途中から来たので、保護者のテントは芋洗い状態だった。リレーは午後からと言われたが、お昼の綱引き他、団体戦も出ると聞いたので、それぐらいを想定して来たのに。こういった行事の恒例として、進行は遅れているようだ。

保護者テントでは親御さんたちがプログラムの紙とにらめっこしていたり、せっせと三脚の準備をしている。熱中症対策で十一月手前の開催になったそうだが、ひとの熱気で夏のように蒸し暑かった。土埃が至るところで舞っている。

綱引きが始まり、慌てて場所を移動する。もらったプログラム表を見れば、千裕くんのA組は赤組だった。

男子の中で長袖のジャージを着ている子は少なくて、千裕くんはすぐに見つかった。赤いハチマキを締めた彼は、後ろの子と何か喋っている。顔までは見えないが、いっしょにバイトしていた子かもしれない。その子の肩を軽く叩いていた。

競技が始まる。動画を撮っていたら、近くにいた生徒のお母さんだろう女性が、「ここ来るといいよ!」と自分の横を空けてくれた。ゲートに消えていく後頭部までしっかり撮りきって、リアルタイムで綾乃さんに動画を送る。すかさずお礼とともに、リオのカーニバル衣装を着たネコのスタンプが返ってきた。どこで見つけるんだ、こんなの。

返信していたら「茜さん」と背に声をかけられた。ふり向けば輪っかにしたハチマキを首から提げた千裕くんが、紙袋片手に立っている。「やっと見つけた」とゆるむ顔はまだ火照《ほて》っていた。

　会って話すのは、あの日病院で話して以来だった。

「昼飯、どこで食います？」

　激闘を終えた彼を労《ねぎら》いつつ綾乃さんが喜んでいることを伝えていたら、辺りを見回しながらそう聞かれた。「え」と固まる。そんな私を見て千裕くんも「え」と固まった。

「昼前に着くって言ってたから、作ってきたんですけど」

　胸の前まで掲げられる紙袋。病室で電話したとき、食べたいものはあるかと聞かれて私は「気にしないで」と告げた。そんなこと気にしなくていいから、体育祭に集中して。の意だったのだが、彼は、好き嫌いはいいから作りたいもの作って。の意と捉えたらしい。

「でも、お友達は？」

「近所のひとと食べるって言ってきました」

　正直だ。保護者の続柄を姉と書いたことを思い出した。近所のひとにしておけばよかった、受付でちゃんと説明して。

「ほんとにいいの？　こういうとき、友達とわいわい食べたいんじゃない？」

「あいつらとはいっつも食べてるんで……」

こっちなら空いてると思います、と案内されて、体育館の裏手に移動する。なんでもないように言うが、せっかくの行事の日に、昼食をともにするのが私で本当にいいのだろうか。

閉まっている体育館の裏口、コンクリの階段に腰かける。建物の影になっているし、人混みから離れていて快適な穴場だった。

「挟むだけでいいんで、サンドウィッチですけど」

紙袋だと思っていたものは、そういうデザインの保冷バッグだった。中から出てきたランチボックスに入っていたのは、小ぶりに切られたバゲットサンドだ。

「生ハム入ってるやつ食いたいと思って、こっそり買ってきたんです、ハム」

パラフィン紙に包まれたそれをわたされる。こっそり、の部分に引っかかってつい眉を動かせば、千裕くんは顔の前で手を振った。

「あ、行動が制限されてるとかじゃないです、全然。ただ、今あんまり料理してないんで」

千裕くんは紙を剝いで豪快にサンドウィッチにかぶりつき、親指で口の端を拭った。私も倣《なら》って紙を剝がせば、断面に花びらのような生ハムとレタス、透き通る玉ねぎが層をなしている。

「里奈《りな》さん……、父といっしょに暮らしてるひと……、が、父と分担で、料理作ってくれてて。おれ、今はほとんどしてないから、なんか作りたくてうずうずしてたんですよね」

気恥ずかしそうなさまが、めずらしく年相応だった。料理を作りたくなる、という感覚が私にはさっぱりわからないまま相槌を打つ。

「料理上手なひとなんだね」

「いや」と勢いのまま口にして、彼はすぐ口を噤んだ。しばらく逡巡《しゅんじゅん》したのち、気まずそうに頬を掻く。

「正直……上手ってわけじゃ、なくて。いっつもレシピ本見ながらなんです。でも、食べたいものとか聞いてくれて。頑張って作ってくれます。父もうれしそうなんで、代わりに作るよとも言えなくて」

おれ、ろくに挨拶もせずあてつけみたいにばあちゃん家に行ったのに。すげえ、いいひとで。

話す千裕くんの耳が、ほんのりとその色を濃くする。私はなんだか胸がいっぱいになって、口角がゆるむのをごまかすようにバゲットサンドにかぶりついた。鼻先の硬いパンの小麦の香り、生ハムの塩気が強く舌に残る。ぱりぱりとした野菜の、微かな苦みや辛みが美味しい。

「いっしょにさ、料理したらいいんじゃない？」

野菜の辛みに思い出したのは、三人で食べたすき焼きの大根おろしだった。あれは、いっしょに作ったとは言えないが。

あのとき彼も、私に言ってくれた。母といっしょに、料理をしたらいいんじゃないかと。

「すごく喜ぶと思うよ」

千裕くんははい、とうなずいた。

「あ、茜さんが鍋焼きうどん作ってくれたのも、ちゃんとうれしかったですよ、おれ」

「作ったっていうか、あったためただけだけどね、あれは」

きみや綾乃さんみたいに、腕をふるえたらよかったんだけど、といたたまれなさに笑ってしまう。フォローを入れられるようなことでもない、というか、逆に恥ずかしい。

「コンビニで食べやすそうなもの、あれくらいしかなくてさ」とサンドウィッチをかじると、千裕くんは二個目を取ろうとした手をぴたりと止めた。

「ばあちゃんから話、聞いたんじゃなかったんですか?」

「え?」

「わざわざ探してくれたのかと思ってました。ばあちゃんの思い出の、鍋焼きうどん」

身に覚えのなさに首を捻《ひね》る。思い出。好物とかではなく。

私が何も知らないのを察して、千裕くんは、おれも一回聞いただけですけど、と前置きをして話してくれた。

「ばあちゃん、学生時代に親友いたんですって。すごく仲がよくて、二人とも料理好きで。だから将来いっしょにお店したいとか、話してたらしいです。でもばあちゃんは学校出たらお見合いすんの決まってたから、結局離れ離れになったって」

無意識に渋面になってしまい、手で隠すように親指で眉間《みけん》を揉んだ。その別れのあとに何が待ちかまえていたかを以前本人に聞いた身からすると、少女たちの淡い夢の話はあまりに切なく、喉の奥がひりついた。

「で、おれのじいちゃんと結婚して、母さん産んだんですけど。おれの母さん、夜泣きがひどかったらしくて。ばあちゃん、信じらんないですけど、ひいばあちゃんにすげえいじめられてたらしいです。夜泣きはじめると、うるさいから外出ろって追い出されてたって」

今なら逆にひいばあちゃんを閉め出しそうですけど、と彼がなんでもないように続けるから、私も表情を動かさないよう努めた。かつての綾乃さんの苦労を思う一方で、千裕くんの口から母親の話題が出たことに少なからず緊張してしまった。ごまかすように、持ってきていたペットボトルに口をつける。

「母さん、おれと同じで冬生まれだから、めちゃくちゃ寒かったと思うんですけど。母さんのことあやしながらうろうろしてたら、偶然会ったんですって、例の友達に」

そのひとは、小料理屋で働いてたそうです。そこにばあちゃんを連れてって、ささっと鍋焼きうどん、作ってくれたって。赤ちゃんはあやしてるから食べなーって、何年も会ってなかったのに、昨日も会ってたみたいにふつうに接してくれて。ばあちゃん、うどん食べながら泣いたって。

「そのひと……マヤさんはその数年後に、自分のお店を持ったそうです」

思わずボトルの飲み口から唇を離す。千裕くんは手の中の紙をくしゃくしゃにした。

「まあ屋は、マヤとアヤノで、『マアヤ』なんだそうです。ばあちゃんの店は、親友のマヤさんから継いだ店なんです」

マヤさんは、この間の夏、ばあちゃんの誕生日にお葬式したひとです。

女子生徒たちの笑い声が、風に乗って聞こえた。何か面白いことがあったのか、きゃらきゃらと鈴を転がすようだった。

「病気してからばあちゃんに店任せて、ずっと闘病してたらしいんですけど……この夏に」

冷たい水が火照った体の中を通るように、じわじわと得心がいく。夏の終わり、親友のお葬式の日に、彼女は千裕くんの過去を私に話した。本人がいないところで勝手にデリケートなことを口外するなんて、らしくないと思ってはいた。でも、そうか。あれは千裕くんの過去であり、娘さんの過去であり、親友に支えられたころの、自分の話だったのだ。

101号室を飾る花の刺繍《ししゅう》の額縁や、可愛らしい人形たち。あれらはきっと、マヤさんの趣味でもあるのだろう。なんとなく、そう思った。

「ばあちゃん、今、まあ屋も休まなきゃいけなくて、まじでショックみたいで。……だから恥ずいけど、おれが走ってるとこ見て元気出るなら、まあ……頑張んなきゃかなって」

「……私も、ちゃんと撮るね」

改めて意を決すれば、千裕くんは血色を強くしつつ、「ほどほどで」と首をすくめた。

「よかったら、こっちもどうぞ。まだ入りそうなら」

羞恥《しゅうち》をごまかすように、さっきよりも小ぶりな包みをわたされる。こちらは半分に切られたベーグルサンドだった。サーモンと玉ねぎ、そしてたぶんクリームチーズ――に、黄金の何かがマーブル模様を描いている。複雑な金継ぎのようだ。

「あ、それ、蜂蜜《はちみつ》入ってるんですけど」

「蜂蜜？」

「スモークサーモンとクリームチーズと、蜂蜜です。合うんですよ。香りだけでも、味わってもらえたらと思って。燻製《くんせい》、は大丈夫です？」

「香りがいいものは、だいたい好き」

なので燻製も好きなほうだが、はじめての組み合わせだ。味の想像がつかない。いや、蜂蜜の味はどうせわからないが。

勧められるまま一口頬張ってみて、咀嚼しているうちに納得した。これは、燻製の癖をまろやかにする食べ方らしい。料理を食べて、面白い、と感じる経験はなんとも新鮮だった。最初にこの組み合わせを考えついたのは誰なのだろう。それとも私が知らないだけで、みんな思いつくようなメジャーな食べ合わせなのか。蜂蜜の甘さはわからないが、あの特有の、華やかかつふくよかな香りが鼻に抜けた。

もし甘さがわかったら、もっと味を楽しめたかな。何年かぶりに、そんなことを思った。

「……あ、そうだ、これ」

会えたらわたそう、と思っていた袋をバックパックから取り出す。

「お友達とどうぞ。アイスとかのほうがよかっただろうけど、さすがに持ってこれなかったから」

差し入れは迷って、塩キャラメルにした。一昨日、母の誕生日プレゼントを見繕ったついでに買った、デパートのちょっとお高いやつだ。私は詳しくないけれど、千裕くんはブランドの名前を知っていたのだろう、箔押《はくお》しの包装に猫のように目を大きくしていた。

「これ、高かったんじゃ……ただでさえ来てもらって迷惑かけてるのに」

申し訳なさそうだが、しかし確かに目が輝いていてほっとする。以前よりもなんとなく、細かい心情を察せられるようになった。つき合いが長くなったのもあるが、初対面のときよりも今のほうが、千裕くんの表情が豊かになったからだと思う。ふ、と笑みが漏れる。

「別に迷惑じゃない、私も楽しませてもらってるし。……でも、ほんとはさ、綾乃さんたちに来てほしかったでしょ」

押しつけた箱をとん、と指で叩く。千裕くんはとっさに「いえ」と否定しかけて、しかし気まずそうに口を噤んだ。正直なのは、彼の美徳の一つだ。

「クラスのみんなは、親とか来るのうざいうざいって言うけど……おれは、ばあちゃんに応援してもらうの、けっこううれしかったんで」

気恥ずかしさをごまかすように、千裕くんはぐしゃぐしゃっと自身の短い髪をかき回した。少年らしい仕種だった。

「ちょっと、わかるよ。私の母も仕事で忙しくてこういうイベントなかなか来れなかったけど、その分、お弁当豪華にしてくれたりした」

懐かしさに笑うと、千裕くんは思い出したように保冷バッグを漁った。開かれた大きな掌にのっているのは、スーパーでも並んでいる有名なチョコ菓子だ。

「里奈さんも、用意してくれたんです。行けないけどこれ持っていってって、遠足じゃないのに……」

プラスチックの袋、パッケージの余白に、丸っこい『がんばれ！』の文字が並んでいる。千裕くんが見せてくれたバッグの中には、ご家庭に備えられているようなポピュラーなお菓子が、底から湧き出しているみたいに詰まっていた。千裕くんの目は呆れたふうを装うにはあまりに温かく、バッグの中を見下ろしている。

痛恨のミスだ。キャラメルとか、値段に物言わせて、無粋なことをしてしまった。

スマホを取り出し、注意を引くように彼の目の前で振る。

「さっき撮った動画、送ってもいい？　お父さんたちに見せてあげて」

それは恥ずかしいのか、ためらうように目を逸らす千裕くんに、強引にスマホを出させた。エアドロップで写真を送る。見せないかも、なんて言っていたけれど、どうせあっちから写真はないのかと聞いてくるはずだ。そしてこの子は、家族の願いを無視できない。

「茜さんのおかげです」

映っている自分に辟易《へきえき》したようにすぐ画面を切りながら、千裕くんはそう言った。

「父のとこに戻るの、やっぱちょっと不安だったんです。過ごしづらそうなら自分が家出ておくって、里奈さん、父に言ってくれたそうなんですけど、それも申し訳ないし。でも、やっぱりだめでも、みなと荘に戻ればいいいって思って。みなと荘があるから、行こうって思えました。戻れば茜さんがいるって。茜さんが、おれとばあちゃんといっしょに飯食ってくれたからだと思います」

ありがとう、茜さん。そう頭を下げられる。

私のおかげなんて、そんなこと、ないよ。それはきみの成長で、きみの努力だ。そう思ったけれど、言いたいのをぐっと耐えた。差し出された誠意を、今はそのままに受け取るべきなのだ。

「これ以上変に避けて、里奈さんに悲しい思いもさせずにすみました」

茜さんのおかげです、と繰り返す、その笑みが少しだけ、こなれて見えた。


「あ、黒江《くろえ》！」

お昼を終えて校庭のほうへ戻っていると、千裕くんを呼び止めるひとがいた。校舎の付近、男の子三人がこちらを見ている。バイトの帰りにいっしょに歩いていた子たちだ、とすぐにわかった。

そのうちの眼鏡をしている子が、びしっと千裕くんを指さした。

「おまえ、ご近所さんと食うとか言ってたくせにこの裏切り者！　彼女いるんじゃねーかよ！」

「いや彼女じゃねーよ」

千裕くんがため息をつく。ちらっと目だけで見上げてしまう。以前目撃したときも思ったが、こうしてお友達と話していると、やはり彼も男子高校生、という感じだ。

「ご近所さんっつったら、おっさんおばさんだと思うだろー」

「彼女持ちは死ね」

ストレートな物言いについ目を瞠ると、うっかり眼鏡の子と目が合った。とたんに「いやちがうんです、今のは黒江に言ったんじゃなくて、おれはすべての彼女持ちを恨んでるんで」とおろおろしはじめる。他の子たちに「おまえマジでバカ」と小突かれていた。

「あいつが夏に家飛び出したバカ一号です。ちょい前に好きな子にフられました」

「お気の毒に……」

点と点が繋がった感じだ。

千裕くんが「もらった高級キャラメル分けてやらんぞ」と私の手土産を掲げると、男子たちはすぐさま黒江様と崇《あが》めはじめた。変わり身が早い。

四人のやりとりに笑いを嚙み殺しつつ、千裕くんに保護者テントへ行く旨《むね》を伝えた。お友達たちも「差し入れあざーす」と頭を下げて見送ってくれる。いい子たちだ。

こういう子たちとこういう感じで過ごしてるんだな、千裕くんは。と微笑ましくなる。

この子たち、千裕くんとお昼、食べたかったんじゃないかな、とも考える。

「リレー、頑張って」

手を振ると、千裕くんはハチマキを締めなおして笑った。

チーム対抗リレーは、応援団のパフォーマンスのあとに始まった。千裕くんは第四走者、アンカーにバトンをわたすポジション。前の走者が四組中三位になったところで、バトンが渡る。

速い。長い脚をフル回転させて、一人を抜かし、二位になり、一位との差をどんどん埋めていく。放送委員の実況にも熱が入る。ぎゅう、とスマホを持つ手に力が籠もった。

「──がんばれ！」

動画に声が入らないよう、口の中で呟いた。一位に肉薄したまま、抜かしきれずバトンをわたす。膝に手をついて荒い息をする背中を映す。

ここにいたのが、綾乃さんだったら、お父さんだったら、新たなお母さんとなるひとだったら、よかったのに。

あと数か月もしたら、私はみなと荘からいなくなる。一度引っ越してしまえば、住んでいた家で築いた交友関係なんて自然に消えてしまうだろう。そんな一時の知人が、こういうイベントに来てよかったのだろうか。今日千裕くんと昼食を食べるべきなのも、彼の活躍を見守るべきなのも、きっと私みたいな人生がたまたま交錯《こうさく》した他人ではない。彼らなら千裕くんが作ったベーグルサンドの、蜂蜜の味だってきっとわかったのだから。

もし私がここへ来ると言わなければ。彼の家族は無理をしてでもここへ来たかもしれない。お友達と馬鹿騒ぎしながら、楽しく昼食を食べたかもしれない。もっと千裕くんの思い出になる――ちがう、言い訳だ。千裕くんを気遣ったふりをした、厚かましい理由付け。

こわくなったのだ。みなと荘を出て、新たな人間関係の中で努力して、笑って暮らしている千裕くんの姿を知ってしまったから。じゃあ、私は？　みなと荘を出ても、彼のように前を向いていられる？　恥ずかしい、醜い羨望だった。一時はこの関係を薄めていったほうが、なんて思ったくせに。みなと荘を出た自分がどう生きていくのか、今の私にはちっとも想像できない。未来の私の周囲には空白が広がるばかりだった。

いつからこんなに、あの場所を心の拠《よ》り所にしてしまっていたのだろう。そもそも最初から、あの食卓に用意されるべきは、他人である私の席ではなかったのに。

アンカーは千裕くんと同じかそれ以上に足が速かったけれど、結果はそのまま二位だった。終わったあと赤組のテントで、千裕くんがもみくちゃにされているのが見えた。スマホを構え、シャッターを切る。

九

椅子にのけ反《ぞ》るように脱力していたが、いい加減に居住まいを正した。もう休憩は私だけとはいえ、急にひとが来たら気まずい。

疲れた。とにかく、今日は疲れた。取り繕えていなかったのか、店長にも体調を心配されてしまった。高校生の体育祭を見に行ってから即シャワーしてバイトに来ました、と正直に述べても伝わる気がしなかったので、曖昧に笑うに留めてしまったが許してほしい。

そんな私に店長が手ずから淹れてくれた紅茶が、そろそろ冷める頃合いだ。十一月から出る新作だから味を知っておいてと、先ほど持ってきてくれたのだ。洋梨とりんごのフレーバーと聞いたけれど、さっきから洋梨の香りが強い。

吹き冷ましながら、スマホにある『母』の文字をなぞる。誕生日プレゼントを送ったことを、伝えなければならない。受け取りの時間を伝えるほうが親切だと思って、毎年サプライズにしたことはなかった。

おめでとう、と伝えるたび、母は喜んでくれるけれど、でも少しだけ、複雑そうにする。祝われることに納得がいっていないみたいな顔を、私にだけする。本人は気づいていないようだが。

だからずっと指摘もできないまま、十年が過ぎた。十年、一歩が踏み出せなかった。

千裕くんは、すごいな。ため息が湯気を散らす。

気持ちを落ち着けようと、淹れてもらった紅茶を一口飲んだ。そこで、あれ、とカップの中を見下ろす。名前の通りの深い紅《あか》。しかし香りが強いばかりで、なんだか味に深みがない。苦みもえぐみもない。色と香りつきの、白湯《さゆ》を飲んでるみたい……。

胸が段階を踏むように、じわりじわりと、鼓動を速めていった。休憩室を出てキッチンに向かうと、鉢合わせた店長が目を瞠る。

「あ、あの、……それ、そのツナサンド、私が買ってもいいですか？」

テイクアウト用に置いているサンドウィッチが、一つだけ売れ残っていた。言ってから財布もスマホも持っていないことに気づき、急ぎ足でロッカーへ戻る。

気のせいかもしれない。疲れているから、単なる勘違いだったのかも。購入したサンドウィッチを手に戻った休憩室で、座ることすらもどかしく、立ったままかじりついた。

柔らかなパン、重ねられたシャキシャキのレタス、黒胡椒《こしょう》が利いたツナマヨネーズ。お店の創業以来の定番商品で、私も何度も食べている。その味を知っている。

知っているはずの、その味が。甘味だけではない。確かに今まで感じていた、塩味が酸味が苦味がうま味が。ぽっかりと穴を開け、その黒い深淵《しんえん》を私に見せつけた。

なんの味もしなかった。飲み込んだ空虚が、胃の中に呆気なく落ちていく。

第三章

ケーキは祝福のためにある

一

「食べてないね」

綾乃《あやの》さんが露骨に顔を顰《しか》める。こんなあからさまに責めるような表情を見せられるのはめずらしかった。思わず自分の頰《ほお》に手を当てたけれど、そんなにこけたりしているとも思わない。変わらず厳しい目のまま、綾乃さんは息をついた。

「痩《や》せて見える、すごく。そんなに卒論大変なの？」

まあ、そうですね、と病室の椅子《いす》に腰を下ろす。会って早々、こんなふうに切り込まれるとは思わなかった。以前のように頻繁《ひんぱん》に顔を合わせるわけではない分、小さな変化もわかりやすいのかもしれない。

卒論に関しては、本当はそこまで追い詰められてはいない。すでに一度書き上げて教授に目を通してもらっているので、修正はあれど、おそらく同期でいちばん進んでいる。

「そんなに無理はしてないですよ。ただちょっと、忙しくて」

体形の変化に、大学やバイトは微塵《みじん》も関係がない。物を食べないのは正真正銘《しょうめい》、食事に生命維持以外の意味を失ってしまったからだ。

味覚が完全に断たれたことに気づいたあの日から、もう二か月近く経《た》つ。変わらず私の味蕾《みらい》は、眠りについたように機能しないままだった。

気のせいだとか、一時的に舌が鈍っているのかもしれないだとか。そういう可能性はすぐに捨てた。覚えがあったからだ。肉体から、味覚という五感の一つがごっそり抜け落ちた感覚。それはまさしく、甘みを感じなくなった十年前の再現だった。

何を食べても虚無を噛《か》んでいるだけで、嚥下《えんか》してもお腹《なか》に溜まる感じがしない。食事を始めてもすぐに何も食べたくなくなる。そんな状態でも意識して、三食ちゃんと食べてはいたのだ。けれどほんの二か月弱で、私の変調は身体《からだ》の表層に表れていたらしい。

このことはまだ、バイト先の店長以外には話していない。母にも――母にだけは、伝えられなかった。

私の報告に、店長は病院には行ったかととても心配してくれた。私はそのやさしさを無視して、行ったと嘘《うそ》をついた。この先診てもらうつもりもない。

ある日突然、わかるようになる日も来るかもしれない。逆に、悪化することもあるかもしれない――いつか医師に告げられたことを、体験する日が来るとは正直思わなかった。そしてなんとなく、今までをなぞるように、解決法は存在しないのだと考えている。そのことにさしたる悲嘆もない。

本来なら、食の楽しみを奪われるなんて絶望以外の何ものでもないのだろう。誰もが治療のために必死になって足掻《あが》くにちがいない。私だって甘さを感じなくなったときは、何もわからないよりまし、と自分に言い聞かせていた。

でもいざ味覚を完全に失ってしまうと、想像とは一転、無理やり背負わされていた荷物を下ろしたように、私は身軽になった。未練があるかと聞かれても、素直にイエスとは言えない。甘さ以外を感じていたときよりずっと、現在の自分は自由とすら思えた。

実際、それほど不便もしていない。食べるのをためらうものが逆になくなって、食事を選ぶのも楽になった。もう甘いものを避けたり、こだわらなくていい。微妙に感じる味つけのものを飲み込む必要もない。すっぱりと諦《あきら》めがついてしまえば、甘みだけを失っていたころより食に対して前向きなほどだった。

だから勘の鋭い綾乃さんと会うのにも、特段気後《きおく》れしなかったのに。こうして指摘されてしまうと、なんと返せばいいのかわからない。一方で綾乃さんは、すでに咎《とが》める態勢から切り替えたようだった。やれやれと、ぎこちなく左腕を持ち上げて腕を組む。

「私がアパートに戻ったら、肉とか魚とかたらふく食わせるからね」

「育ち盛りはもう過ぎましたよ私……。でも、退院に関してはおめでとうございます」

綾乃さんは、「目途がついたのはよかったけど、クリスマスも大晦日《おおみそか》も病院じゃあねえ」と肩をすくめてみせた。

退院の日取りは、年が明けてからになるそうだ。別の臓器に病気が見つかり入院期間が延びたと聞いたときには肝《きも》が冷えたが、そちらはさほど進行もしておらず、服薬治療が可能ということだった。

正確な退院日が決定したことで、綾乃さん自身も気分的にかなり楽になったようだ。一月下旬にある千裕《ちひろ》くんの誕生日に間に合うと、先週うれしそうに話していた。

「あ、そうだよ、今日クリスマスイブじゃない。大学の近くの商店街、今年もキッチンカー出てるんじゃないの？　なんか買って帰んなさい」

綾乃さんは財布からお札を出し、クリスマスプレゼント、と私に突き出した。ぎょっとしてもらえませんもらえません、と座ったままのけ反《ぞ》る。「ポチ袋みたいなのがあればね」とか言っているけれど、そういう問題ではない。

「受け取れるわけないですよ」

「だって、体育祭のこともさ、お見舞いのこともお世話になってるのに。なんにも返せてないじゃない。私が倒れたときも、千裕一人だったらどうなってたか」

「千裕くんなら、私がいようがいまいが適切に対処しましたよ。しっかり者だから」

綾乃さんは、「そういうんじゃないんだよ」と膝《ひざ》に置いていた私の手の甲に右手で触れた。お互いに手は冷えていて、けれど水がぬるむように、接した箇所から体温がほぐれる。傷を労《いたわ》る触れ方だった。

「誰かがいてくれるっていうのはね、それだけでありがたいもんなんだよ」

わずかに麻痺《まひ》が残ったらしい彼女の左頬が、微《かす》かに突っ張った。それでも春に花を揺らすそよ風みたいなやさしさは、霞《かす》むことなくその笑みに宿っていた。

一瞬、彼女が私と歳《とし》の変わらない女性に見えた気がした。夏に、お誕生日おめでとうございます、と何も知らずにお祝いしてしまった過去が、ちりりと胸に疼痛《とうつう》を与える。

「話戻すけどさ。お節介なこと聞くけど、せっかくクリスマスでしょ。誰かと過ごす予定ないの」

質問はドラマとかで親戚が集まったときに見る、「誰かいいひといないの」的なお節介ではないだろう。文字通り、ただ私が一人でいることをよしとしていないだけだ。だから申し訳なくて、でも妙にくすぐったくて。そして味覚のことがまた少し、後ろめたくなる。

それをすべて覆《おお》い隠すように、ふんわりと口角を上げた。

「友達と、大学に泊まる予定なんです」

一週間ほど前。結衣《ゆい》ちゃんと他数人の後輩たちといっしょに、志摩《しま》くんの誕生日を祝って飲み会を開催した。そのときだ、そろそろ二次会の店に移ろうというタイミングで、神妙な顔をした志摩くんに捕まったのは。

「秋尾《あきお》、クリスマスイブのご予定は」

「バイト」

不用意に答えてしまった。あやまちだった。私の返答に、待ってましたとばかりに鞄《かばん》から志摩くんは一枚の紙を取り出した。

鼻先に突きつけられたのは、研究室の宿泊申請書だった。

「実は、町田《まちだ》によってクリスマスぼっちのひとたちで研究室に泊まり、卒論の追い込みをする、という企画が立案されたのですが」

「なるほど、ボツですねえ」

一瞥《いちべつ》もくれずコートをハンガーから外していれば、「そこをなんとか殿！」と食い下がられた。誰が殿だ。

「ごめん、ぼっち云々《うんぬん》のしょうもない部分を差し引いても、率直に言ってまずこける企画だと思うんだけど……」

一応さわりに耳を傾けると、「発案者はリア充への反骨精神を糧《かて》に論文を進める」とかのたまっているらしかった。考えが足りなさすぎる。卒論で瀕死《ひんし》になってる人間が集まったところで、集中して作業ができるとは思えない。途中で遊び出す未来が見える。

素直にそう意見すると、「だからオブザーバーとしていてほしいんだよね」と志摩くんは真剣な面持《おもも》ちを作った。「秋尾みたいな優等生がいたら、みんな悪ふざけに走ろうとは思わないじゃん」これは褒められているのだろうか。彼が言うならそうなのかもしれない。

「報酬《ほうしゅう》として宅配ピザがつきます。一枚は好きな味選んでどうぞ」

続けてピザのチラシまで取り出してきた。その用意周到さがあって、なぜ卒論は進んでいないのか。

私自身は泊まりまでしなければならないほど切羽詰まっていない上、今の私を食べ物で釣るのはいちばんの悪手だ。損得の面で言えばふつうにデメリットが勝る。

けれど、こういうのは半分思い出づくりなのだということくらいは、さすがにわかっていた。卒業したらもう離れ離れなのだ。別離のときが来るまでに、何か繋《つな》がりがほしいとみんな思っているのだろう。何より、志摩くんには恩もある。

バイト終わってからでいいなら。掘り炬燵《ごたつ》の隅《すみ》で申請書にサインすると、小さくガッツポーズされた。約束な！　雑誌の表紙を飾っていそうないい笑顔で、彼は素早く書類を仕舞った。「楽しみ」なんて明らかに本来の趣旨《しゅし》を忘れた発言に、思わず笑ってしまった。

……それにしたって大学生活最後の思い出作りがしたいなら、もっと良案があっただろうに。思い返すと苦笑が漏《も》れる。寒さに首をすくめながら、アパートの階段を上る。

バイトを終えてから一度家に戻って、それから大学に行く予定だった。図書館で借りた文献を自宅に置いてきたから。行くのが遅くなるのも連絡済みだ。

階段を上がり終え、鍵を出したところで、その異変に気づいた。うつむきがちだったために、すぐには目に留まらなかったのだ。家のドアノブに、ビニール袋がかかっていた。

どきりとした。夏、ハルカさんからの別れの品を思い出す。

もちろんこんなものを引っかけた覚えも、心当たりも――千裕くんだったら？

おそるおそる中をのぞき込むと、メッセージカードが真っ先に目に入った。

『茜《あかね》さんへ』

几帳面《きちょうめん》に角ばった文字。――やっぱり、千裕くんだ。

いやな想像しかできない、否《いな》、いやなこと、ではないはずだ。もし彼がこのまま父親の元に戻ることにしたとして、それは祝福すべき前進だろう。彼が母となるだろうひとと親しくなったことに喜んだくせして、輪郭《りんかく》を持ち始めた別れに怖気《おじけ》づくなんて自己中過ぎる。

自身にそう言い聞かせて袋を手に取ると、そんなに大きくないのにずしりと持ち手が指に食い込んだ。メモを取り出せば、カードからはスパイシーな香りがした。

『里奈《りな》さんと作ったカレーです。ちゃんとご飯食べてくださいね』

最後に小さく、千裕、と名が添えてあった。それだけだ。カードの下には、プラスチックの容器。

ただの差し入れ、とわかり、強張《こわば》っていた肩が弛緩《しかん》した。そのことを、誰に知られたわけでもないのにばつが悪く思う。

カードなんてなくてもスマホにメッセージ一つで済むことだが、この期《ご》に及んで私たちは互いに連絡先を知らなかった。綾乃さんが倒れたときも千裕くんは彼女のスマホから連絡をくれたたし、それ以降も連絡先を交換する機会がなかったのだ。

いつ来てくれたのだろう。自分の部屋に用事があったのかと階下をうかがおうにも、わかるはずもない。いただいたカレーは、元々なのかこの外気にさらされたせいなのか、すっかり冷たくなっていた。器《うつわ》の底に手を添えて、傾けないよう慎重に家に入る。

冷気が敷き詰められているように、部屋は冷えきっている。でもどうせすぐに出るし、と暖房はつけずにホットカーペットのスイッチだけ入れた。カレーの蓋《ふた》を開けてみる。入っていたのは、はじめていただいたのと同じキーマカレーだった。

そっか、これ、家族で作ったんだ。

ぐっと唇に力が入ったとき、スマホが鳴った。大学の泊まり込みメンバーからかと思ったら、かけてきているのは母だった。通話マークに指をすべらせる。

『ちゃんと食べてる？』

もしもし、のあと、またすぐに母はそう口にした。ノルマのようなお決まりの文句。

味覚のことをちゃんと話すべきだと、反射のように、私の中の十二歳の私が主張した。

でも、二十二歳の私はそれを認められなかった。

「うん……食べてるよ」

通話をスピーカーにして、カレーをお皿に移し、温める。研究室でピザを取ると言ってくれたことを、あたためのボタンを押してから思い出した。

母は、私が年末にいつ帰ってくるかを聞きたかったらしい。そういえばもうイブなのに、すっかり失念していた。いつも私のほうから連絡するけれど、綾乃さんの件なんかもあって、無自覚のうちにいっぱいいっぱいになっていたのかもしれない。まだ何も帰省の算段をつけていなかった。冬には帰ると、約束をしたのは私なのに。

マイクロ波を受けているカレーを眺めながら、卒論もあるから遅くなるかも、なんてことをぽつぽつと話す。夜行バス、今から予約取れるかな、しんどいけど、電車乗り継ぎにするか……。考えていたら、ふと会話が途切れた。乱丁《らんちょう》のような、奇妙な沈黙だった。

『あのね、あーちゃん』母の声がか細くなった。

『帰りたくなかったら、無理しなくってもいいんだからね』

ビデオ通話ではないから、どんな顔をしてそれを言ったのか、見ることは叶わなかった。

レンジが温め終わった音を鳴らした。

『私は、あーちゃんが元気でやってるならそれでいいから』

誕生日プレゼントだって、毎年、気にしなくっていいんだよ。帰りたくなったら帰ってきたらいいし、気分じゃないなら帰らなくってもいい。あーちゃんは、お母さんのことなんか気にせず、好きに生きていいんだからね。

母は台本をなぞるように、詰まることもなくそう言った。真っ暗になったレンジのドアに私の顔が映る。私を見返す私は、指先で弾くだけでぱりんと割れそうな目をしていた。

「私、お母さんのこと好きだよ」

キッチンに置いていたスマホを掴《つか》む。画面に噛みつくように言った。

「お母さんを恨んだこともないし、私だってお母さんに好きに生きてほしいって思ってる。わかんない？　私、ずっと、お母さんに言ってたでしょ。なんで、ずっと無視するの？」

言いたかったことだけど、言いたいことではなかった。でも口が止まってくれなかった。

スマホの向こうで、泣きそうな声で名前を呼ばれる。入院していたときみたいだ。私の小さな手を握りしめて、ただはらはらと涙を流していた母。ごめんねごめんねって、自分は悪くないのに繰り返して、痛いくらいに私の手を摑んでいた。

　お母さん、私は大丈夫だから、泣かないで。私が口にするたび、泣いていた。

「私のせいでお母さんが苦しいなら、もう帰らないよ」

　あーちゃん、と呼ばれたが、そのまま通話を切った。すぐにまたかかってきたから同じように切って、電源を落とした。

　スマホを置いた拍子に、うちの殺風景なキッチンに不似合いな、サプリの派手なパッケージが目に入った。摑んで壁に投げつける。蓋が開き、残っていた錠剤がばらばらと床に撒かれていく。ちゃんと飲んでいたつもりだったのに、全然、減っていなかった。

　壁の向こうの隣室から、苦情が来ることはない。

　しばらく肩で息をしていたら、急《せ》かすような電子音に我に返る。料理を温め終えたレンジが、忘れるなと音で主張していた。

　中から器を取り出す。その場で、適当なスプーンを持って立ったまま一口、頰張った。急に涙がこぼれた。その涙が器に入ってしまわないように、顔を逸《そ》らす。

　なんの味もしなかった。野菜も挽肉《ひきにく》もナッツも、何も咥内《こうない》で存在を主張しない。風味も味わいもない。ただ口の中の粘膜が、ひりひりと熱を持つだけ。

　食べてないね。ちゃんとご飯食べてくださいね。ちゃんと食べてる？　――食べてないよ、だって、味がしないんだもの。

誰がどれだけ手と心を尽くしてくれたか、もう私にはわからないのに。この先こうやって、生きていくしかないのに。頰を落ちる涙を舐《な》めとってくれる、薄く温かい舌はもう永遠に失われてしまった。喉《のど》が熱を帯びて痛む。

二

志摩くんがパソコンから顔を上げ、目頭《めがしら》を押さえた。

「もう十時か。やば、背中バキバキ」

伸びをした彼の肩が、自身の発言を補強するようにパキッと音を立てた。

夜七時過ぎ、研究室に行けばすでにメンバーは集まっており、黙々と作業していた。正直、この集中力もいつまでもつかしらと性格の悪い見方をしていたのだが、未だ離脱者はなし。テーブルに置いてあるエナドリも着々とその本数を減らしていた。

志摩くんもいつから頑張っているのか知らないが、空き瓶《びん》から見るにエナドリを三本摂取している。ドクターストップが必要だ。

「ちょっとコンビニ行く。秋尾、いっしょ行こ」

「息抜きなら他のひとのがいいんじゃない？」

誰か手が空いていそうなひとは、と首を巡らせれば、隣の結衣ちゃんと目が合った。しかし彼女はすぐにいやいやと机に伏せる。

「ごめんあたし今外出んのムリ。この卒論でキリキリのときに幸せカップルを見たら前科がつくわ」

同意するように、他のみんなも渋い顔のまま、キーボードを叩く手を止めない。

昼に綾乃さんも言っていた通り、表にある商店街付近はこの季節になると、イルミネーションをまとったツリーが設置されて夜を照らすようになる。目当てのカップルも当然多く、大通りには恋人どうしや家族連れをターゲットにしたキッチンカーが並ぶ盛況ぶりだ。ひどく混雑するから、入学して以降今日まで、遠くから眺めたことしかなかった。

室内を見渡しても、集まっている全員死んだ目でパソコン画面もしくは参考文献と向き合っている。志摩くんの視線と私の視線がぶつかる。

仕方なく腰を上げる私のかたわらで、すでにコートを着込んだ志摩くんが首をぐるりと回した。またパキリと音がした。

さっむ、寒すぎ、と二人で気候に文句をつけながら、財布とスマホだけ持ってコンビニに急ぐ。雪は降っていないが、目や唇の粘膜が凍りそうなくらい外は冷え込んでいた。マフラーの隙間《すきま》から冷気が忍び込んできて、きつく巻きなおす。

大学の最寄りのコンビニは、商店街の奥まったところにあるのが難点だった。この隙間を縫って行かなければいけないのかと思うと、回れ右をしたくなる混雑ぶりだ。凍《こご》えそうな寒さの中、イルミネーションのために密集する人間の多いこと多いこと。ツリーに群がる人々の白い息で、舞台のスモークが作れそうだ。ひとのざわめきに加え、キッチンカーのチキンやスペアリブ、ショコラショーなんかの香りと熱気が、冴《さ》え冴《ざ》えとした夜を無遠慮にかき回していた。

これ、私のアパートに近いコンビニのほうが、体力のコスパを考えるとよかったんじゃないか。逆方向だから手遅れだな、と後悔しつつ、華やかなキッチンカーの間を通る。物珍しい料理もわりと出ていた。みんなにコンビニで買ってきてほしいものは聞いてきたけれど、デミグラスオムライスとか、ローストビーフとかも差し入れとして買って帰ろうか。どうする？　と意見を求めた先に志摩くんはいなかった。しまった、はぐれたか。子どもみたいに辺りをきょろきょろ見回せば、あきお、と呼ぶ声があった。

右手後ろに、人混みを半身でかき分ける志摩くんを発見する。両手に握った紙コップを顔の横まで上げて、人の群れから守っていた。すいすいとうまく隙間を抜けてきた彼は、はい、と片方のカップを私に手渡した。

「ホットワイン。シュガーレスあったから、それにした」

ワイン飲んでたよな？　差し出された赤ワインの水面から、シナモンスティックが飛び出している。彼の背中越しに、洒落《しゃれ》た塗装のキッチンカーが見えた。ホットワインの他に、サングリアやレモネードも売っている。

「いくらだった？　七百円か」

「野暮言うね、秋尾サンは」

受け取る気がなさそうだったので、彼が片手を突っ込んだままのポケットにちょうど財布にあった硬貨を突っ込む。「つめてぇ！」と抗議された。

「ちょっと休憩」と志摩くんはその場でカップに口をつけた。飲み終わらないと、買い物ができない。

イルミネーションの手前になんとなく二人で並び、私も彼に倣《なら》ってワインを吹き冷ます。浮かぶオレンジの輪切りがゆらゆらとコップの内側にぶつかる。スパイスの香りだけで、もう体がぬくくなりそうだった。

一口飲むけれど、酸味も渋みもない。温かな液体が、食道を伝い落ちていくだけだ。

「ピザ、あんま食べてなかったけど。体調悪いとかない？」

「え、ないよ。来る前にうっかり食べちゃって、そんなにお腹空《す》いてなかっただけ」

目の前には、雪をイメージしてか白一色のイルミネーションをまとったツリーがそびえ立っている。カップから立ち上る湯気越しに見る光は滲《にじ》み、濃淡さまざまな白い円が重なり合う。私の肩と、志摩くんの腕がとんと当たった。見上げると、彼はじっと私の目を見下ろしていた。

「今日さ。みんなに、私と二人にするように頼んだ?」

寒さに鼻の頭を赤くして、志摩くんは「ばれた?」と悪びれた様子もなく笑った。

「三井《みつい》とか、わかりやすかったか」

「うん、結衣ちゃん、なんかにやにやしてた」

志摩くんは「あいつめ」と冗談めかして悪態をついてみせた。

「あ、でも、みんなじゃない。三井と町田だけ。もしかしたら他のやつらも、気つかってくれたのかもしんないけど」

「……今日の企画って……」

「あ、それは関係ない! がちのやつだから。まじで秋尾みたいなひとがいると空気締まるから、満場一致で呼ぼうって。俺が、個人的に来てほしかったってのはあるけど」

ごめん、いやだった? 本当に不安そうに聞いてくるから、静かに首を振る。

高校生か大学生くらいの集団が、がやがやとかしましく、すぐそばを移動している。片手をポケットに入れたまま、志摩くんは声をかき消されないように少し身を屈めた。

「俺、わりと露骨にアピールしてたつもりなんだけど、気づいてた？」

「……志摩くん、誰にでもやさしいから。勘違いだと思ってた」

顔を見られるのがこわくて、ワインの水面に話しかけるようにうつむく。相手に責任を押しつけるような、ずるい言い方をしてしまった。でも事実だった。気遣われるたび、やわく温かな言い回しを使われるたび、そうなのかな、と思ったことは何度もあった。そのたびに、彼はみんなに対してそうだから、勘違いしたら失礼だと思いなおしていた。でも。

「前に、薄情って言ったでしょ、私のこと。そのときに」

「それで？　遅くない？」

軽やかに笑われて、胸が引き絞られる。

「や、まあでも、ひよってた俺が悪いんだけどね。全然友達で十分、っていうか、この距離感がいいなーって思ってるうちに、四年になっちゃって。こんなぎりぎりでアピるつもり、なかったし」

大学出たら、離れるって思ったら、後悔したくなくてさ。俺の都合で、ごめんな。

志摩くんはツリーに向けていた爪先《つまさき》を、私に向けた。彼越しに見るイルミネーションは光の輪郭こそぼやけているのに、目が焼かれそうに眩《まぶ》しい。謝らせてしまったことが苦しかった。

「でもさ、俺、けっこう自信、あるよ。遠距離でも、不安にさせないようにする……」

ワインから立ち上る湯気の向こうで、彼の赤くなった鼻や耳、頬が白い光に照らされている。綺麗《きれい》だと、ただ思った。

「それとも他に、好きなやついる？」

「いない。でも、ごめん」

「俺じゃだめ？」

こんなふうに、熱を持って告白されるようなこと、私の人生にあるんだな。まるで貸し切りの映画館で、白黒のロマンス映画を観ているみたいだった。でもそのヒロインの顔は、白く塗り潰されている。

「志摩くんじゃなくて、私がだめなの」

ホットワインがただかぐわしいことがこの状況にあまりにそぐわなくて、悲しく思う。紙コップを包む冷えきった指先が、熱にぴりぴりと痺《しび》れている。

味覚が欠けているからではない。ちーちゃんを失ったときから、私という器にはひびが入っている。それから私はずっと満たされず、未完成のまま、今日まで生きてきた。

「こういうのって、二人のことじゃん。片方がだめでも……秋尾がだめなんて、俺全然思わないけど、でもそうだとしても、二人で解決できることもあるって、思う」

だらりと下げていた私の手に、志摩くんが触れた。けれどすぐその無遠慮を恥じ入るように、さっと離れていく。

こういうところが私が彼を好きだと思うところで、そして決して埋められない距離だった。

ロマンティックな夜、はぐれないように固まる家族連れや寄り添う恋人たちが、うっとりとイルミネーションを見上げている。さまざまな形の愛が息づく街中で、私たちだけはワインの湯気の分だけ、離れていた。

ごめんね、と口にしたら、眉を下げて、謝るなよ、と微笑《ほほえ》まれた。

「志摩くんのこと、すごくいいひとだと思ってる」

「いいひと、とか、常套句《じょうとうく》じゃあないっすか」

「そういうのじゃなくてだよ。私にはないとこばっかりだから、尊敬してる。わかる？」

志摩くんは謝ったときより傷ついたように、「俺もだよ」と言った。勢いよくぐいっとワインを飲み干す。長い親指が、空になった紙コップをべこ、と凹《へこ》ませた。

「一年のプレゼンでさ、覚えてる？　打ち上げしようって言ったけど、みんな予定も予算も店の趣味も合わなくってさあ。言い出した手前、俺からは取り下げらんなくて参ってたら、秋尾が言ったんだよ。じゃあやめよう、志摩くんの負担なだけだし、って。痺れたよ俺は」

「あれは、仕事しないくせにパワポには文句つけてくるあのひとたちが嫌いだったんだよ」

かつてのグループ学習で舐めさせられた辛酸を思い出して顔を顰めると、「あはは、そういうとこ！」と志摩くんはわざと声を上げて笑った。つい唇を歪める。

「自虐《じぎゃく》じゃないけど、趣味が悪いよ」

「俺は世界一見る目あるよ。だって、こいつはムリ言ってもへらへら受け止めてくれるなーってみんなに舐められてるときに、秋尾は俺を人間扱いしてくれただろ」

買い被《かぶ》りも甚《はなは》だしかった。他のみんなに配慮がなかっただけで、私が特別善人だったわけではない。「そんなことで」と苦い思いで冷めはじめたワインのカップを握りなおしていると、ふっとイルミネーションの光が遮《さえぎ》られた。

「俺には、そんなことじゃなかったよ。秋尾のそういうとこに助けられたの、俺だけじゃないと思う。あの誕生日会だって、みんな秋尾を祝いたくて計画したんだよ。まあ、結果は失敗で悪かったけど」

イルミネーションの光に、ワインの赤が照らされる。あの日も一杯だけ、赤ワインを飲んだ。ハッピーバースデー、と寿《ことほ》いでくれる友人たちのやさしさがうれしくて、同じくらい痛かった、二十二歳の誕生日。

「秋尾がなんで自分をだめって思うのか、俺にはわかんないし、知らないし。でも俺を助けてくれたのは、秋尾だったよ」

あのとき、おまえだけだったよ。淡い逆光の中で、志摩くんはやわく目を細めた。誕生日を祝ってくれたときと、同じ顔をしていた。

ワインを飲み終えると、「記念のハグだけ、いい？　友情のハグ」と長い腕を開かれた。断るほうがやさしいのだろうかと迷っているうちに、空気をいだくようにして腕に包まれる。この距離まで近づいてようやく、香水の甘い香りがした。

彼は区切りをつけるように、私の背をぽんぽん、と叩き、腕を解《ほど》いた。

「あーあ、なんか、責任転嫁するつもりないけど。ずーっと四年もひよってたの、フられるってわかってたからかも」

でも、すっきりした。ありがとな。そう笑いかけてくれるやさしさに、私もそっと笑みを返す。

「私、帰ったほうがいい？」

「はは、お気遣い感謝。そうね、卒論追い込み企画じゃなくて俺慰めパーティーに変更の予定なんで。でもカバン取ってこなきゃだな。責任もって送ります」

志摩くんの指が、色濃く染まったシナモンスティックやオレンジが残る私のカップを取り上げる。キッチンカーの横に設置されているダストボックスに向かう背中に、一人で大丈夫、と言おうとした。

その人影は、イルミネーションの白い光に紛《まぎ》れるようだった。息が止まる。戻ってきた志摩くんが、「秋尾?」と怪訝《けげん》そうにした。見かけた後ろ姿は、呆気《あっけ》なく人の波に飲まれてしまう。

「ごめん、志摩くん。鞄は、あとで取りに行く。用事ができた」

いつか救急車を追いかけたときみたいに、背中に私を呼び止める声がぶつかる。ぱっとふり返った。

「言っていいのかわかんないけど、私、志摩くんと友達になれてよかった。ありがとう」

それだけ叫んでまた身を翻《ひるがえ》し、人間が寄せ植えのように密集している中を、隙間に体を捻《ね》じ込むように押しとおった。

見えた人影は二人。見間違いでなければ、千裕くんと、彼の母親、珠緒《たまお》さんだった。いっしょに歩いているように見えた。分厚いコートの下で、すでに体は汗をかいている。大通りから逸れて、横道へ入った先で見失ってしまった。息を切らしながらあたりを見回す私の横を、不思議そうに通行人がすり抜けていく。

見間違った可能性もある。もし本人たちであっても、別に千裕くんが彼女に虐《しいた》げられて連れていかれているとは限らない。もし、母親が――珠緒さんが自分の罪を悔いて、千裕くんとやり直すことを望んでいて、千裕くんもそれを受け入れるなら。部外者の私にできることなんてないのに。

人間は変われるということが、フィクションではよく描かれる。気づきさえすれば、いつでもひとは一歩を踏み出せる、と。本当に？　行動だけなら、しようと思えば誰だってできるのに。

――里奈さんと作ったカレーです。手紙が彼の声で再生される。口の中のひりりとした痛み。体育祭で、彼は〝家族〟の話を面映《おもは》ゆそうに語っていた。

わん、と鳴き声が聞こえた気がして、そちらを向く。まるで誘われるように惑《まど》っていた足を向けて、ふらふら進んだ先で、カフェのウインドウの中に見つけた。千裕くんと珠緒さんの、似ている箇所の少ない横顔。

千裕くん。私と同じように、きっと自分という器にひびが入ってしまった男の子。きみのために何ができるか、私ずっと考えていた気がするよ。

三

かつて森林公園で、迷子になったことがあった。

小学校に入って、間もないころだ。母が休日に遠出しようと、ちーちゃんと私を広い公園に連れていってくれた。広々した敷地の中を、私たちはひたすら自由に遊びたおした。ちーちゃんを抱えて乗ったブランコを、母が押してくれたのがうれしかった。

しかし夕方になって、そろそろ帰ろうか、という段階で、母が偶然出会ったママ友につかまってしまった。大人どうしのお話より退屈な時間なんて子どもにはなくて、高揚していた気分は一気にしぼんでしまった。

「あそこでまだ、ちーちゃんとあそんでてもいい？」

指さした広場を見て、母は視界が開けているところなら安心だと判断したのだろう。了承を得た私は、ちーちゃんといっしょに駆け出した。ショルダーバッグから一度しまったボールを取り出してかまえる。ボーナスタイムだ。

でもそこで、私は大暴投をしてしまった。設置されている柵を飛び越え、生い茂る緑の中に消えていくボール。ちーちゃんはボールと体が紐《ひも》付けされているみたいに、軽やかに柵を跳びこえて森の中に消えてしまった。

慌《あわ》ててあとを追おうとして、しかし夕暮れの森を取り巻く、日常と切り離されたような黒々とした雰囲気に圧倒されてしまった。こわい、入りたくない。でも、ちーちゃんが。

遠くに行っちゃだめだからね。母との約束も忘れて、私は子どもにとっては高い柵をよじのぼるようにして跨《また》いだ。さくさくと土を踏みしめて進むたび、どんどん茂る葉に光が閉ざされていく。ちーちゃんを探さなきゃ。そんな使命感は、瞬《またた》く間に恐怖と孤独感に押し潰されてしまった。

小さくなってぐすぐすと泣いて、おかあさん、ちーちゃん、と何度も何度も呼んだ。もう一歩だって動けない、こわいよ、たすけて。おかあさん、ちーちゃん。

そのときわん、と応《こた》える声がして、顔を上げたらちーちゃんが目の前にいた。口に咥《くわ》えた赤いボールを私の足元に転がして、涙でべしゃべしゃの顔を舐めてくれた。

ちーちゃん！　ぎゅっと抱きつく。ちーちゃんを探しに来たはずなのに、もうそんな目的も頭から吹っ飛んでいた。

ちーちゃんを抱きしめて泣いていたら、母が迎えに来てくれた。きっと柵を越えてから、数メートルも歩いてなかったのではないだろうか。私があんまり泣くものだから叱れなかったと、よく笑い話にされていた。

小さな子どもの、よくある失敗談。でもあのときちーちゃんが来てくれて、私は大袈裟《おおげさ》ではなく、救われた。ちーちゃんが見つけてくれるたび、私の頰に鼻を寄せてくれるたび。わん、と返事をしてくれるそのたびに。私はこの世界に、居場所を与えられていたのだ。

一年に一度の特別なムードに酔う街の中で、私だけが額に汗を浮かべ、肩で息をしている。千裕くんと珠緒さんは、カフェの窓際の席に向かい合って座っていた。

マフラーの内側が汗ですべる。気持ち悪くて外すと、濡れた首元が瞬時に凍りつきそうだった。千裕くんが、何かを彼女に話している。珠緒さんは忙《せわ》しない仕種で髪を耳にかけた。その手はぶるぶると震えていた。

店に入ると中はゆったりとしたジャズが流れていて、無音よりも空気は凪《な》いでいるように感じられた。店員がすかさず、すべるようにやってくる。「一名様でしょうか――」

「私を捨てるの?」

女の金切り声が店中に響きわたった。珠緒さんは立ち上がり、目の前の息子を見下ろしていた。白い肌は青褪《あおざ》め、今にもふらりと倒れそうに頼りない。なのに、目には敵意にも似た熱がみなぎっている。

「私はあんたを育てたからこうなったの。あんたがいたからよ、なのにどうしてお母さんを助けようって思わないの？　お母さんが大事じゃないの？」

ここが店内であるということすら失念しているようだった。千裕くんの黒い後頭部は微動だにしない。

——自分でもそうするべきだって思うだろう？　十年経っても耳にこびりついている男の声が、鼓膜の奥で反響している。あの広い家の清潔なリビングが、オレンジのランプが灯《とも》るカフェに重なる。テーブルに手をついて、女が青年を責めたてている。

「お母さんを助けてよ、ちーちゃん」

店員が向かうより先に、私は彼女の元へ行こうとした。病院でそうしたように、間に割り込もうとして、できなかった。店員より私より、千裕くんが声を上げるほうが早かった。

「いっしょには行けない」

サイフォンの音も、木のテーブルに跳ね返るジャズも、他の客のざわめきも、すべて時を止めたようだった。千裕くんのまっすぐ伸びた背筋だけが、切り取ったように視界に浮かび上がった。

「母さん。母さんは、病気なんだよ。おれがいるとずっと、治んないんだよ」

母親は、ぽかんと息子を見ていた。自分が迷子になったことに気づく寸前の幼子《おさなご》のような、無防備な表情だった。そのときはじめて、その顔の印象が千裕くんと重なった。

千裕くんは、おもむろに大きなスクールバッグを開けた。中から出てきた物には見覚えがあった。紙袋に見えるデザインの保冷バッグ。それを、彼は両手で母親に差し出した。神聖なものを捧げるような、厳《おごそ》かな恭《うやうや》しさすら感じられた。

「これからは、母さんが治って、おれも、ちゃんと大人になるまで、もう会わない。だから、これが最後。今日はこれ、わたしに来たんだ。……誕生日、おめでとう。食べて」

母親の、金属を擦り合わせたような叫び声とは対極の、筋が通った凜《りん》とした声だった。

珠緒さんが、わかりやすく狼狽《ろうばい》した。息子を見る眼差《まなざ》しは、知らない人間を見るときのそれだった。自信の所有物と盲信《もうしん》していた子どもが、もう手元には戻ってこないもの、どころか元から自分のものなどではなかったことに、彼女ははじめて思い至ったようだった。

薄い、息子とよく似た唇が震える。痩せて落ち窪《くぼ》みはじめた眼窩《がんか》、瞳に涙の膜が張る。

老婆《ろうば》のように痩せた手が振り上げられた。

「こんなもの」

私のブーツの踵《かかと》が床を蹴《け》る音が、女の悲鳴じみた声とともに流れるジャズをかき乱した。

摑んだ手は見た目以上に細く、あまりに儚《はかな》げだった。

「やめてください」

袖《そで》越しに触れているだけでも、しおれかけた花の茎を支えているようでこわかった。珠緒さんは、突然自分の腕を掴んだ女に目を見開き、動かなくなる。「あかねさん」千裕くんの掠《かす》れた呼び声が聞こえた。

「それは、やめてください」

同じことを繰り返しながら手を放すと、彼女はさっと後ずさった。私が病院で割り込んだ女だと思い出したのか、その白い面《おもて》が凍る。

でも彼女は、私を攻撃しなかった。私越しに、千裕くんを睨《にら》んだ。それ以上何も言うことなく、足早に店を出ていった。

店内がざわめきを取り戻し、集まってきた店員たちや他の客から戸惑いの視線を向けられる。何か言われるより先に、「お騒がせしました」と頭を下げた。

「千裕くん、行こう」

途方に暮れたように私を見上げていた彼は、やがてうなずいた。


しんしんと冷えた夜に、マフラーを巻きなおす。

「今日、おうちは」

「夜には帰るって……言ってあります。茜さんは、なんで」

「たまたま見つけて……ごめん、後つけたりして。……早く帰らなきゃ、心配するよ」

そういえばカレー、ありがとう。顔を見て言ったけれど、目は合わなかった。私は人通りがなるべく少ない道を選び、駅のほうへ行こうと歩を進めた。ぬくもりを昼間に忘れてきたような夜の空の下に、彼を置いておくのがいやだった。数歩後ろを歩いていた千裕くんが、隣に追いつく。

「あのひと。頭が冷えたら、あんなこと言ってごめんって謝ってくるんです。昔からそうで。だから大したことじゃないんです。でも、もう、会いません。あのひとが治るまでは」

自分に言い含めるようにうつむきがちになって、マフラーに顎《あご》を埋《うず》めている。外気にさらされた耳がすでに赤くなっていた。

「今日、お誕生日だったんだね。お母さん」

「ええ、イブ生まれなんです」

彼は手に提《さ》げた保冷バッグを軽く揺すった。さっき彼女が、叩き落とそうとした息子からの贈りもの。

「どうせ、一人だろうと思って……」

独り言みたいなそれは夜の空気に凍り、ちりぢりに砕け、アスファルトに撒かれていく。

「なんでそんなにやさしくできるの？」

冬の空気にも負けないほど、冷たい聞き方になった。

「恨まないの」

取り繕《つくろ》えないまま、冬の夜そのもののような声が出る。ひどいことを聞いた私に対しても、千裕くんは静かな面持ちを崩さなかった。感情というものに膜が張られたように、どこかぼんやりしている。

「そっち、駅じゃないよ」

「ばあちゃん家《ち》に、行きたくて」

今度は、千裕くんが先を行く形になる。スマホで確認した時間は、十時三十八分。「親御さんに連絡して」と言えば「もうしてます」と返された。それからは無言で、私たちは他人の距離でみなと荘までの道のりを歩いた。

101号室の鍵を開けて部屋に上がると、千裕くんは放り投げるみたいに雑に卓袱台《ちゃぶだい》に保冷バッグを置いた。マフラーとスクールバッグを畳に落とし、コートのまま座り込む。私は「お邪魔します」と頭を下げて、続いて部屋に足を踏み入れた。玄関の床板は、ひび割れそうなほど冷えきっていた。

「灯《あか》り、つけないの？」

「電気、今は止めてます」

卓袱台に突っ伏して、唸《うな》るように言う。部屋は暗く、カーテンを開けさせてもらえばかろうじて街灯の灯りだけ、恵みのように差し込んだ。人一人分あけて隣に腰を下ろすと、千裕くんは短く何かを言った。「なに」と聞き返す。

「帰って、いいですよ。寒いでしょう」

「話したいことがあるのかと思って」

ピーコートの背中がびくっと跳ねた。隣で膝を抱えたまま、指を息で温める。部屋ではただ、壁掛け時計が時を刻む音だけがしじまを揺らしていた。

「おれが呼び出したんです」

突っ伏したまま、囁《ささや》くように千裕くんが言った。

「病院で会ったとき、すぐには母だってわかりませんでした。おれの中の母は、すごく大きかったから。びっくりした。こんな、小さいひとだったんだなって」

こわかった、と彼は呟《つぶや》いた。

バネ仕掛けのように、千裕くんが勢いよく身を起こす。潤んだ瞳が暗がりの私を見た。

「お腹空きません？　何か、食べに行きませんか、久しぶりにいっしょに」

「千裕くん」

母親に似た薄い唇は、真一文字になるとわずかに酷薄《こくはく》な気配を漂わせた。その口元が、水に映る三日月のようにいびつにたわむ。

「おれが生まれたからなんです」

いつもの彼より、ワントーン声が高く、声量も大きかった。興奮状態が、遅れてやってきているようだった。「おれが生まれなかったら」と上擦《うわず》った声が続く。

「母さんと父さん、おれの育て方で揉《も》めて、離婚したんです。母さんはそのせいで不幸になった。仕事から帰ってくるたびすごく疲れてるのに、いっつも追い詰められてたのに、おれはどうもできなくて」

犬の鳴き声が聞こえていた。近所で吠《ほ》えているのかもしれないし、過去からちーちゃんが叫んでいるのかもしれなかった。

私が義父と相対しているとき、あの家の庭からは、いつも吠える声が聞こえていた。怪物を追い払う声、私を守ろうとする声。リードも自身の首も引き千切《ちぎ》らんばかりに、私のそばに来ようとしていたちーちゃん。

「……チョコレートケーキを」

呟くような声と同時に、彼の瞳がことさら強い光を帯びた。

「チョコレートケーキを、母さんが、買ってくれたんです。小学校に入る前に、誕生日のお祝いに……」

瞳の光が雫《しずく》になって、目の縁から転がり落ちる。堰《せき》を切ったように、涙の粒が冷えきった頬を濡らしていく。こぼれつづける涙を、千裕くんは疎《うと》ましそうに拭《ぬぐ》った。ひく、と嗚《お》咽《えつ》にその喉が軋《きし》む。

「あのひとは、母親として、どうしようもないひとだったんだと思う。みんなもそう言う。でもおれ、知ってるんです。おれは知ってる。息子のためにケーキ買って、口の周り汚れてたの、拭いてくれた。そういうとこが、あったんです。嘘じゃない……」

耐えがたい痛みに襲われたように、千裕くんは口元に手の甲を押しつけて呻《うめ》いた。

「恨んで……恨んでる、のか、わからない。あのひとのこと。それが正しいのか。恨めたら、楽かもしれないけど……」

でも、恨みたくないんです。声は透明で、でも燃えるように熱かった。

「母さんもそうだけど、きっと恨んだらおれも、……楽にはなるかもしれないけど、でも、だめになる。人生で何かあるたびに、あの母親の元に生まれたからだ、とか、思うようになる……そんなの、思いたくない。絶対に」

震える背を撫《な》でながら、そうか、と思った。彼の、下心も哀《あわ》れみもなく、ただ私を慕ってくれる理由の根幹が今、眼前に晒《さら》されていた。

「お母さんに、食べてほしかったんだよね」

なんで、あのひとは気づかなかったのだろう。こんなにも大きな、あふれんばかりの愛が、いつだって彼女を包み込んでいたはずなのに。

そしてそれは、私も同じだった。

千裕くんはうつむいた。重大な罪を暴かれたかのように、ごめんなさい、と膝の上の手できつく拳《こぶし》をつくる。

「茜さん、見たとき……すごく、痩せてて。母さんのこと、思い出して」

食べて、美味《おい》しいって、言ってもらいたかった。

「でも、このままじゃだめだって、思ったから。だから、今日、母さんに……母さんとちゃんと、お別れしなくちゃと、思って。そうじゃないと、ずっと、おれ、進めないから。でも、やっぱ、……できなくて……」

途方に暮れた迷子の目が、ただ茫然《ぼうぜん》と机上に置いてある保冷バッグを眺める。濡れた切れ長の瞳が、夜の中で星のようだった。

すごいな。いくらそう思っても足りなかった。すごいなあ、この子。今日、自分の人生を、自分で選びに行ったんだ。たった一人で。

「開けていい？」

返事をもらう前に、放置されていた保冷バッグを開ける。中には真っ白い、ほぼ立方体の小さな箱が入っていた。千裕くんの手に止められる前に、慎重に蓋を開く。

中に入っていたのは、小さなチョコレートケーキだった。きらきら輝く苺《いちご》の周りを、ミルクをたっぷり混ぜたようなチョコレートのクリームが飾っている。のっているチョコのプレートに、ホワイトチョコでたどたどしい『Ｈａｐｐｙ Ｂｉｒｔｈｄａｙ』が綴《つづ》られていた。

でもそのケーキは、箱の側面にもたれるように崩れ、すでにケーキとしての見栄えを失っている。すべらかにならされていただろうクリームはよれて、中のスポンジをあらわにしていた。千裕くんはまるでおぞましいものが入っているみたいに、開いた箱を両手で覆い隠した。

「捨てますから」

「どうせ捨てるなら私が食べる」

彼の手をどけると、されるがままになりながら千裕くんが瞬いた。その拍子にまた、ぽろっと涙が転がり落ちる。

「でも、こんなの」

「最後にしよう」

机上に下ろされた彼の手の小指に、私が置いた手の小指が当たる。

「お母さんの代わりに食べるのは、これが最後。私も、きみをちーちゃんの代わりには、もうしない」

薄暗い部屋で、彼の睫毛《まつげ》についた涙の雫だけが光を集めていた。潤んだ、切れ長の瞳。

「私も、謝らなきゃいけない。ごめんね。ちーちゃんを助けたかったの。きみを助けたら、あの日のちーちゃんを救える気がしてた。ごめんなさい」

聖なる夜の前日、街灯の光が差し込むだけの冷たい告解室。千裕くんがそうしたように、私も私の罪を告白する。

「私ね、ちーちゃんを死なせちゃったの。守れなかった」

治ったはずの骨のひびが、全身に広がっていく心地がした。口に出せば体温を失った体に亀裂《きれつ》が走り、雪像のようにばらばらに崩れ落ちそうだった。

「母が再婚してから、義理の父親に虐待《ぎゃくたい》されてた。私は何もできないまま、結局あの子を失ってしまった」

そのときからなんだ。甘さが、わからなくなったのは。

私の手の隣で、千裕くんの手がわななないた。互いの指は氷のように冷えきっていて、しかし温めあうように掌《てのひら》を重ねることもなく、転がった石が擦れ合うように、私たちはどこまでも他人だった。

「最初は、ショックだったけど。でも罰だと思うことにしたの。甘いのがわからなくたって、全然大したことじゃない。だってもう、ちーちゃんは甘いものも食べられないし、思いっきり走れないし、ボールで遊べない」

チョコレート色の毛並みも切れ長の目も、湿った黒い鼻もうなずくように鳴く声も。もうこの世のどこにもない。

甘いものが好きだった。でも味覚の異常を自覚して、食そのものへの欲求が煙のようにどこかへ消え失せていった。私の罪を糾弾《きゅうだん》してくれるひとは誰もいなかったから、これがその代わりだと思うことにした。

私があのとき家に戻らなければ。早く助けを求めていれば。あの雨の日に、ちーちゃんを拾わなければ。あの子はもっと素敵なひとの家族になって、しあわせに生きて、残忍に命を奪われることなく、天寿《てんじゅ》を全《まっと》うしていたんじゃないか。泡のように浮かんでは消えるイフを想像するたびに、胸が掻《か》き毟《むし》られた。眠れない夜を過ごした。

なんてひどいことをしてしまっていたんだろう。私、ちゃんと知っていたはずなのに。

あの日、ケージから降り立ち、私の頬に湿った鼻を押しつけたあの瞬間から。あの子はずっと、私の隣を選んでくれていたのに。

「間違ってた。ちーちゃんは私を愛してくれていたから、守ってくれたのに。私の不幸を望むはずなかったのに。きみが……お母さんに対して、そうだったみたいに」

それは呪いなのかもしれない。愛ではなくて依存や執着なのだと誰かは言うだろう。いつか千裕くんが自身で、あの日の思いはただの刷り込みだったのだと、結論づける日も来るかもしれない。

それでも今この瞬間、彼のこの涙が、作ったバースデーケーキが、ただの勘違いだなんて私は言えない。それはこれからきっと長い時間をかけて、千裕くん本人が決めていくことだから。

大きな背を丸めて、千裕くんは泣きじゃくった。団地の一室でただ母親のために何ができるかを考えつづけていた、ぼろぼろの小さな子どもがそこにいた。

ちーちゃんは過去に、千裕くんの添え木になった。今の彼に、私は何ができるだろう。

「千裕くん。私はちーちゃんのおかげで、生きてこれた。きみのお母さんも、そうだったと私は思う」

「うそだ……」

「信じられなくっていいよ。お母さんも、そのことに気づく日は来ないかもしれない。でも私は、きみがお母さんの居場所だったたって、そう思う」

ちーちゃんに居場所を与えられていた私が、そう信じる。

箱の中で、美しい造形を奪われたケーキがスポットライトのような薄明かりを浴びている。千裕くんが、必死に生きてきた彼が、憎むことも許すこともできないたった一人に向けて作った、祝いと別れの餞別《せんべつ》。

私は素手で、掴むようにケーキの縁をえぐりとった。「あ……」ドミノが完成目前で呆《あっ》気《け》なく倒れたときみたいに、千裕くんの目が私の指の中のケーキを見た。

口の中に入れたそれに、やはり味は感じなかった。クリームの油っぽい質感、スポンジ生地の雪のような舌触りと、歯をすすんで受け入れる苺のやわさ。ケーキを構成する素材の何もかもから、もう私は何の味も感じとることはできない。でもそれは、けして私の中に虚《むな》しく落ちてくるものではなかった。

それが使命であるかのように、ただ目の前のケーキを食べた。少しずつ、啄《ついば》むように口に含み、飲み込んだ。苺を嚙み潰し、スポンジを箱の底からはがし、行儀悪く指についた生クリームを舐めとって、私はそのケーキを完食した。

夜が更けていた。冷たい部屋で、恋人でも友人でも家族でもない、〝ただのご近所さん〟の私たちが、イブに隣り合ってそこにいた。

あかねさん、と千裕くんが囁いた。

「おれも、ちーちゃんはあなたを、ずっと守りたかったんじゃないかって、思う。あなたのために何ができるか、ずっと考えてたって」

ずっと見てたから、そう思う。時計の音に交ざる彼の声に、そっと耳を澄ます。

「ちーちゃんは、茜さんが大好きだったから」

黒い瞳が、まるで私のかたわらにあの子がいるみたいに、その空間ごと私を見た。

目を閉じれば鮮やかに思い出せる。三角の凜々《りり》しい耳、切れ長の瞳、チョコレート色の毛並み、私の頰に押しつけられた、湿った鼻の感触……私の特別な子。

ちーちゃん、それでもやっぱり私、きみを守りたかったって一生後悔しつづけるよ。きみの分まで生きるなんて、思うことも到底できない。あの日守れなかったきみのことを思い出して、この先何度でも泣いてしまう。

でも、ちーちゃん。私を守ってくれてありがとう。選んでくれてありがとう。きみがいてくれたから、私一人じゃなかった。きみが愛してくれたから今、このどうしようもなくやさしい男の子を、一人にせずにすんだ。

ちーちゃん。きみが守ってくれた人生を、私はちゃんと生きていくから。かたわらで、ちーちゃんがわん、と鳴く。まるでうなずくみたいに。

四

「……ただいま」

出迎えてくれた母の束ねた髪はほつれていて、肌にははりがなく、記憶よりずいぶん痩せて見えた。予告なく突然帰省した私を、丸くした目で呆然《ぼうぜん》と見つめている。いたたまれなくて身じろげば母ははっと我に返り、「上がって上がって」と私のキャリーバッグを引き受けてくれた。およそ一年ぶりの実家は少し棚の上の小物が変わっていて、そしていつもの家の匂いがした。

「疲れたでしょ……コーヒーでいい？」

娘がリビングに入ってすぐ、母は玄関からキッチンへ直行する。「自分で淹《い》れるよ」と言うと、「座ってて」と掌を向けられた。

コーヒーの香りの中を縫うように、「バスで帰ってきたの？」「寒かったでしょ、今日は今月一番の冷え込みだって」「あ、そこ、あーちゃんの好きなやつあるよ、サラダ味のやつ」と、母は途切れることなく喋《しゃべ》りつづける。突然帰ってきたことに関しては、一切触れない。

母が指した戸棚を開けると、甘いものがだめになったばかりのころたまに食べていた、塩気の効いたせんべいのファミリーパックがあった。特別好きだったわけではないけれど、私が帰省するとき、母がいつも用意してくれているものだ。賞味期限まではまだ長く、最近購入されたことが容易に察せられた。

コーヒーを飲みながら、二人でそのせんべいを食べた。私が袋の中で割った欠片《かけら》を口に入れるのを見て、母はそっと息をついていた。

「ごめんね、夕飯の用意が何も……もう簡単に、お鍋にしようと思ってたんだけど」

「私が急に帰ってきちゃったから。せっかくだからお寿司《すし》とか取る?」

「じゃあ明日でもどこか食べに……しばらくいるよね?」

自意識過剰かもしれないが、最後の一言だけ、懇願のように聞こえた。

「一週間、いてもいい?」

母はあからさまにほっとして、「当たり前でしょ、あーちゃんの家なんだから」と袖をまくった。

「ねえ、私もなんかしていい?」

椅子を引いて立ち上がると、私が帰ってきたときと同じく母はまた動きを止めた。

キッチンは、元々料理好きな母の特別な場所だ。特に私が味覚に異常を来《きた》して以降、台所は一種の禁域だった。母親が娘のために完璧に調《ととの》えられた食事を作る場所になり、そこに私が入り込む隙を、母は与えなかった。

袖をまくった母は、せかせかした動作で手を洗いはじめた。

「いいよいいよ、あーちゃんは座ってて、すぐ済んじゃうから。大根あるから、みぞれ鍋にしようね」

「じゃあ私、大根おろすよ」

「あーちゃん、いいよ、本当に。休んでて」

「前にね、やったの、大根すりおろすの」

並んで、同じように手を洗う。私が自炊《じすい》をしないことを、いちばんよく知っているのは彼女だ。母は「……そうなの」と呟くように相槌《あいづち》を打って、冷蔵庫から野菜を取り出した。

「じゃあ……うん、お願いしようかな」

まな板の上に置かれた一本の大根は大きくて、私はひとまず葉の部分を落とそうとしてその硬さに早速苦戦した。おかしい、千裕くんは苦労なく切っているように見えたのに。

隣の母が出す、はらはらした雰囲気を肌で感じ取る。

「……やっぱりお母さんするから」

「今日は、させて。やりたいから」

ごとん、とようやく葉の部分が落ちる。すりおろしやすいように半分にするものの、皮をどう剝《む》くかで手が止まった。千裕くんは縦に皮を削いでいた気がするが、この硬さだ、私の握力で可能だろうか。ためらいを見透かしたように、母がピーラーをわたしてくれた。

「もしかして、前に言ってた、料理上手のご近所さんと？」

「そう。管理人さんと、そのお孫さん、二人とも上手でね。私、少しだけど手伝わせてもらったの」

ピーラーで大根の皮を剝く私の横で、母が白菜を切り始めた。

綺麗に皮を一周剝いたつもりだったが、母に「大根はもうちょっと厚く皮取らないと」と言われてまた同じように剝く。当たり前に、千裕くんのように手際よくはできなかった。剝き終えると、見計らったようにおろし金《がね》を差し出される。どの調理器具がどこにあるのか、実家のことなのに何も知らない自分が情けない。だが、これが第一歩だ。

昆布出汁《こんぶだし》の香りが広がるキッチンで、私が大根をゆっくりすりおろすかたわら、母は黙々と野菜や豆腐を切っている。盗み見たその手元は素早く、かつ正確だ。何十年の経験が染みついた手つきだった。

「大根おろし、急がなくていいからね。どうせ最後だから」

「うん。ゆっくりすったほうが、辛くないんだって」

力を込めたことで少し痛みはじめた手を一度離し、再開する。「管理人さんに教えてもらったの？」「ううん、これはお孫さんのほう」母も私も、手を止めない。

おろし金を軽く器の縁に叩きつけると、底のほうへ白い塊《かたまり》が落ちていく。いつの間にか、手元の大根はもう三分の一も残っていなかった。

「お孫さん、高校生なんだけど、すごいしっかり者でね。やさしい子なの。いろいろ教えてもらった。大根のおろし方もそうだし、まず食べることが大事っていうのもそうだし
……これはほんとなんだなって、実感した」

いつの間にか、水菜が切られる音が止まっていた。私は指の痛みに耐えながら、大根をおろしつづける。

「お母さん、私ね。私が今幸せかどうか、自分で選べるようになったよ」

母がいつも「ちゃんと食べてる？」と私に聞くのを、これまでずっと心配されているからだ、としか思わなかった。けれど千裕くんと綾乃さんが、まずは食べることが大事と私に教えてくれて、従ってみるとわかった。いつだって母は祈っていたのだ。私がちゃんと日々を生き抜けるようにと、切実に願っていた。

「もう小さい子どもじゃないから、私は私の人生の責任が取れるの。誰のせいにもしない。お母さんが、私をちゃんと育ててくれたからだよ」

母と、私と、ちーちゃん。二人と一匹で暮らしていたころのような自分たちに戻れることはもうないのかもしれないけれど、私はもう、子どもの期間を通り過ぎた。私の人生にこの先何が起ころうと、何一つ、私以外の誰の責任でもない。

おろしている大根がもうずいぶん小さくなってきて、おろし金に爪の先が引っかかり手を止めた。

「怪我してない？」

「ん、全然平気」

爪を確認してまた作業に戻ると、母が口を開く。

「茜の妊娠がわかって少ししたころ、お父さんが亡くなってね。でも私、産むって決めたの。生まれてきてほしいって私が思って、勝手に選んだの。だから私が、絶対茜を幸せにしなきゃって思ってたし、今も思ってる。でもそのせいで、茜の考えてることとか思ってること、無視しちゃってたよね。茜の人生なのにね」

ざく、ざく、と野菜を切る音が再開する。母はわずかに息を詰め、吐いた。

「大人になったんだねえ、あーちゃん。あんなに小さかったのに。時間が経つのって、あっという間ね……」

バットに野菜を移す母の手が、微かに震えた。記憶にある通りに入り組んだ青い血管の浮いた、記憶にあるより皺《しわ》が深い、母の手だった。

五

「やっぱり正直、留年してほしかったですよぉ」

そんなこわいことを、でも半泣きになって言ってくるものだから、叱るより先に笑ってしまう。

今日がバイトの最終日。閉店後、社員さんやバイト仲間を代表して、瀬谷《せや》くんと穂積《ほづみ》さんが小さなブーケとお菓子をそれぞれわたしてくれた。

「そのうちいたことも忘れるかもよ」

「なんでそーゆーこと言うんですか、忘れないって！」

むきになって叫ぶ瀬谷くんに、バックルームが笑いで満ちた。

瀬谷くんが店長たちに小突かれている中、花束をくれたあとは一歩下がっていた穂積さんに、私のほうからそっと近づいた。

「前のね、ペットの話なんだけど」

身を寄せてきた私に小首をかしげていた、その顔が強張る。彼女が何か言う前に、私は続けた。

「私もね、やっぱりずっと後悔はあって。他の家の子だったらあの子はもっとしあわせだったかもとか、想像しちゃうんだけど。でも、それでもあの子が私を愛してくれた事実は、私がいちばんわかってるから。それを否定したくないなって、思うんだ」

いつだったか結衣ちゃんが、ペットみたいにそこにいるだけで愛されたい、と言っていたけれど。ちがうよ、と思う。ちがうよ、いつだって、そこにいるだけで愛されていたのは私のほうだった。

「……ごめん、乗り越え方の話じゃないんだけど。でも伝えておきたくて……穂積さん？」

彼女の目からほろりと涙が落ちて、慌ててティッシュを探すと他のみんなも気づき、それぞれにハンカチやティッシュを探し始める事態になってしまった。そのさなか、「秋尾さん」と掠れた声で穂積さんに呼ばれる。

「仕事関係ないことでも、連絡してもいいですか？」

潤んだ目に見上げられて、「私に？」と返せば「秋尾さんだからです」なんて言われる。鼻を啜《すす》る彼女の背を撫でてもちろんとうなずけば、「オレもオレも！」と瀬谷くんが挙手したのでこっちはノリで拒否しておいた。なんでと騒ぐ瀬谷くんに、また笑いが起きた。

そんなふうにたくさんの声をもらいながら、バイト先を出た。時間を見ようとスマホを確認すると、メッセージの通知が入っている。志摩くんからだった。

『今日の飲み来る？　てか来て』

せがむ犬のスタンプが続く。あざとい。

志摩くんはまったく変わらない。大学ではふつうに話しかけてきて、ふつうに食事に誘ってきて、卒論を提出後はみんなでお疲れさま会をした。私も以前通り、彼の友人でいる。ただ一つ言うなら、私が飲みや食事を断る回数だけが、少し減った。

『途中参加でいいなら』と返してスマホをしまい、ヘルメットをつける。久々に自転車に跨《また》がった。これからスーパーに行かなくてはならない。明日のために、材料を揃《そろ》えなくては。

六

玄関扉を開けた千裕くんが、ぱちぱちと目を瞬かせた。

みなと荘、101号室。夕飯のご相伴《しょうばん》にあずかったのち、すぐ自分の203号室に戻った私がまたとんぼ返りしてきたことで、千裕くんは「忘れ物ですか」と驚いていた。それから私の手の中にあるお皿に視線を落として、薄く口を開く。

「もう一回お邪魔してても？」

首を傾ければ、ああ、はい、と慌てたように道を開けてくれる。部屋の奥から、綾乃さんの笑い声が聞こえた。

「サプライズ成功だね」

「あんまりそれっぽくないですけどね」

千裕くんが私と綾乃さんをしばらく交互に見て、それから、再び私の手元に目をやった。

私が持っているお皿には、ホールのガトーショコラがのっている。

「私と綾乃さんからのお祝い。お誕生日、おめでとう」

ついさっきまでここで、三人で千裕くんのお誕生日を祝っていた。

千裕くんのお誕生日は、正確には昨日だ。「当日は浩一《こういち》くんのお宅でお祝いするから、次の日にうちで祝おうと思ってんの。茜ちゃんも来てくれる？」――退院した綾乃さんからそうお誘いをもらったとき、私は彼女に一つお願いをした。

「綾乃さん監修なので、味は大丈夫、のはず」

「……じゃあこれ、やっぱり」

「午前中、千裕くんが学校の間に作りました」

私の家には圧倒的に調理器具が足りないので、キッチンまでお借りしてしまった。

本当は電気を消して、蠟燭《ろうそく》をつけたケーキを運んでくるのがセオリーなのだろうが。彼の帰宅が夕飯時より早いと聞いて、私の家で冷やすことにしたからできなかった。うっかり自宅の冷蔵庫を開けてケーキを見てしまう、なんて気まずい事故は避けたかったたし。

「デコレーションケーキじゃなくてごめんね。素人《しろうと》にはハードルが高かった」

基本的には計って混ぜるだけの作業だったけれど、正直わたす段階になっても自信はない。自信がないものをわたすなと言われたらそれはそうなのだが、ホールケーキって味見もできないし、できたとしても、私はわからないし。

相変わらず、私の味覚は機能しないままだ。治る兆《きざ》しもない。でも、前よりずっと、ちゃんと食事をしている。

「美味しいといいんだけど……」と意気地なしにも予防線を張りながら切り分けて、借りたお皿に盛る。せっかく粉砂糖をふったのに、切り口の部分が盛り上がってピースになったときの見栄えがあまりよくない。ケーキって切り方にもコツがいるのか。知らなかった。

席に着いた千裕くんの前にお皿を置く。綾乃さんと自分の分もやや薄めに切って、夕食前と同じように、三人で手を合わせた。

千裕くんはそろそろとケーキの鋭角にフォークを縦に刺し、大きく一口分を切り取った。あまり見られたら食べづらいだろうとわかっていても、つい気になってしまう。

ケーキ一つなのに、心臓が面白いくらい早鐘を打っていた。卒論発表会より緊張する。

千裕くんも私に料理をふるまってくれるとき、こんなに緊張していたのだろうか。

ゆっくり咀嚼《そしゃく》していた千裕くんの喉仏が、小さく動いた。

「美味しいです、すごく……」

その一言に、私はどっと脱力した。フォークを握ったまま長い息をつくと、綾乃さんにあかねちゃん、と呼ばれる。顔を上げると、綾乃さんは右手を挙げてみせた。

それに、ぱちん、と右手を合わせる。ぎゅっとそのまま手を握られて、恥ずかしかった。

千裕くんは少しずつ、それを確実に自分の血肉にするようにケーキを食べた。作り手冥《みょう》利《り》に尽きる丁寧さで味わって、もう一切れおかわりまでしてくれた。綾乃さんはお酒は入っていないけれどずっとご機嫌で、私も出されたコーヒーとともに、粛々《しゅくしゅく》とケーキを口に運んだ。

使ったお皿を洗い終えてから、私は部屋の隅に置いていたジャケットを引き寄せた。拭いたお皿を片していた千裕くん――誕生日なんだから座っていてと言ったのに、聞いてくれなかった――を手招く。

手を拭いながら戻ってきた千裕くんに、ジャケットの内ポケットにひそませていた箱を差し出した。

「これ。プレゼント」

やはり目が丸くなると、まだ子ども、という感じだ。最近の彼は、高校生にふさわしい表現ではないだろうけれど、あどけなく見えることが増えた。無為に過ぎ去った子どものころを少しずつ取り戻していて、それが目に見えるようになった、そんな印象だ。元々が大人びていたから、ようやく年相応になったとも言える。

「でも、ケーキも作ってもらったのに……」

「ケーキとプレゼントは別でしょ」

誕生日といったら、ケーキとプレゼントだ。少なくとも私のイメージでは。

開けてもいいですか、と律儀にうかがいを立てて、千裕くんは飴《あめ》細工にでも触れるみたいに慎重にリボンを解いた。箱が開かれる。千裕くんに並んで中をのぞき込んだ綾乃さんが、おお、と歓声を上げてくれた。

「趣味に合うといいんだけど」

「……すげ、かっこいいです」

千裕くんの頬が紅潮する様に、内心よし、と拳を握る。プレゼントに選んだのは、黒革のベルトの腕時計だった。

「体育祭の赤いハチマキ、申し訳ないんだけど、あんまり似合わないなーって思ってた」

正直に暴露すると、えっ、と千裕くんは弾かれたように顔を上げた。綾乃さんがあー、と納得したようにうなずく。同じ感想だったらしい。

「これは、きみに似合うと思って」

男子高校生へのプレゼントなんて人生ではじめて選んだけれど、迷わなかった。飾り気なくシンプルな文字盤と、温かみがある質感のベルト。一見冷たく見えるけれど、魔法みたいに美味しい料理を作り出せる、家族想いの男の子にぴったりのものを選べたと思う。

「お誕生日、おめでとう」

この子が生きていてくれて、よかった。私にできる精一杯の、彼が懸命に生きてきた十七年への祝福。正真正銘、秋尾茜から黒江《くろえ》千裕に対する言葉だった。

骨張った指が、そろそろと腕時計の文字盤をなぞる。彼の肩をぽんと叩く。

「これくらいのことで、泣かないで」

千裕くんは手の甲で目元をこすって笑った。「これくらいのこと、じゃないです」まだぎこちなさを残す、でも彼の祖母に似た、明るい笑顔だった。

目の前にちーちゃんがいる。

夢だとすぐにわかったけれど、でももう体に染みついているから、私はちーちゃんを抱きしめようとした。なのに、体が動いてくれない。

ちーちゃん、どうしたの。なんでそんなにぼろぼろなの？

ちーちゃんはなぜか、いつもは綺麗にしている毛並みに葉っぱやら小枝やら、細かなごみをくっつけていた。森とか茂みでずっと遊んでいたみたいだ。私はちーちゃんの毛並みを梳《す》いてやりたくて、こっちにおいで、と呼んだ。指の先だけでもこの子に触れたかった。これが虚しい夢で、起きた瞬間に途方もない喪失感を味わうことになるとしても。

でもちーちゃんは、くるっと私にしっぽを向けた。顔を背けられてどきりとしたけれど、またこちらを向く。

一回転したちーちゃんの口には、赤いゴムボールが咥えられていた。あの日、失くしたボールだ。『あかね』と、油性ペンで書かれたいびつな文字が並んでいる。

ぱたん、としっぽが振られる。涼やかな目が一度、瞬いた。

まさかちーちゃん、ずっと、探しててくれたの？

ちーちゃんはボールを置くと、鼻先でそれをちょんと突いて、私の足元に転がした。焦《こ》げ茶色のしっぽが、またふわふわと揺れる。

ちーちゃん。駆け寄って力一杯抱きしめたいのに、足は自由を失っている。ちーちゃんの切れ長の瞳を見つめ返す。ちーちゃんは一心に、私だけを見上げていた。

あのころからずいぶん、目線に差がついてしまった。

ちーちゃん。夢の中で、叫べているのかもわからないのに喉がひりついた。ちーちゃん、ごめんね。守ってあげられなくてごめんね。ずっとちーちゃんの愛を否定しててごめんね。

焦げ茶色の毛並み、ぴんと立った耳、聡明なその瞳。ただちーちゃんの姿を目に焼きつけておきたくて、涙に閉ざしそうになる瞼《まぶた》を押し開く。

ちーちゃん私ね。ちーちゃんのこと、大好きだよ。ちーちゃんが私を好きでいてくれたのと同じくらいに。そこにいてくれるだけで私、幸せだった。

謝るよりも、この言葉を伝えるべきだったのに。それに気づくのに、十年もかかってしまった。

ちーちゃんがふと後ろをふり返った。お別れを言う時間が訪れる日を、この子はずっと待っていてくれたのだと悟った。

私はその場で、手に取ったボールをちーちゃんに差し出した。

探してくれて、ありがとう。でもこれは、ちーちゃんが持っていって。私はもう大丈夫だから。ちーちゃんが私を好きでいてくれたから、私、この先ももう大丈夫。

切れ長の目がボールを見て、私を見た。

ちーちゃん。私の最愛。私の家族。

これからもずっとずっと、一生、大好きだよ。

ちーちゃんがわん、と鳴いた。うなずくように。

しなやかに身を翻し、駆けていくちーちゃんに向かって、私はボールを投げた。長い放物線の先で、ちーちゃんが華麗《かれい》に飛び上がり、キャッチする。さすが、ちーちゃん！

着地したちーちゃんが一度だけ私を見て、再び駆け出す。見えない羽が生えているように、彼は何にもとらわれず、どこまでも自由だった。ちーちゃんはもう、ふり向かなかった。赤いボールを咥えたまま風よりも軽やかに走り抜け、そうして私の大好きな家族は、遠くに架かる橋を渡っていった。


目を覚ますと見慣れた部屋の景色ではなくて、勢いよく飛び起きる。ぱさりと体にかかっていた毛布が落ちた。ぼやけている目をこする。

「大丈夫ですか？」

悪い夢でも見ました？　と千裕くんが卓袱台に手をつく。そこで、やっとこの部屋がどこかを思い出した。

やばい、私、他人様《ひと》の家で居眠りしていたのか。はじめての経験に思わず口元を手で覆う。さーっと血の気が引いていく心地がした。

「ごめん、ほんと……恥ずかしい……」

「私が寝かせてあげたかったから、そのままにしちゃったんだよ」

隣で綾乃さんが雑誌から顔を上げた。毛布までお借りしてしまった、いたたまれない。慌てて時計を確認すれば、深夜一時を回っている。なんてことだ。

「すみません、長居を……」

「いくらでもいてくれていいけどね、茜ちゃんなら」

ぺこぺこ頭を下げながら「お暇《いとま》します」と毛布を畳む。気に病ませまいとしてくれているのがわかって、よけいに恥ずかしかった。せっかくお誕生日のお祝いをいい具合にできたというのに、最後の最後でこんな醜態《しゅうたい》を晒《さら》してしまうなんて。

「じゃあコーヒーだけでも飲んできなよ。茜ちゃんが前にくれた、デカフェのやつ。これなら夜でもいいでしょ？」

綾乃さんが話し出すのとほぼ同時に、千裕くんがてきぱきとコーヒーを淹れ始める。すでにマグカップが三つ用意されているのを見て、お言葉に甘えて……と身を小さくした。

先輩や同級生が酔ってやらかしたエピソードを呆《あき》れながら聞いたりしてたのに、素面《しらふ》のときにこんな失態を演じるとは。誕生日のサプライズが成功して、緊張が解けたのだろうか。それで、あんな自分を肯定するような、都合のいい夢を……。まだ若干《じゃっかん》ぼんやりしたまま、なんとなく部屋を隅々まで見渡す。

もちろん、チョコレート色の影はいるはずもない。

「どうぞ」とコーヒーを手渡される。この香りだけは、味覚がなくなった今も昔と変わらない。肺いっぱいに吸い込めば、浮ついた気分がゆっくりと地に足をつけはじめた。眠っていたことで冷えた指先が、陶器越しの熱に慰められる。

一口飲む。飲んだ瞬間、カップを取り落としそうになった。

「あ、すいません茜さん、そっちばあちゃんのだった……。砂糖が」

「……甘い」

「――え？」

ぼそっと呟くと、千裕くんががちゃんとお盆をテーブルに落とし、カップの持ち手に触れようとしていた綾乃さんの指は中空で停止した。

私はこわごわと、もう一度カップに口をつけた。かっと舌が熱かった。でも、さっき感じた電流のように舌を焼いたあの甘みは、もうどこにもない。ただ、苦い、と思った。微かに酸味を覚えた。それらはさっきの鮮烈な甘みの代わりに、ぼやけた輪郭のまま、私の舌の上に留まった。

「あ、あの、茜さん、これ。食べてみたら」

わかるかも、という続きが、ためらった彼の口の奥に消えるのがわかった。千裕くんは冷蔵庫に入れたガトーショコラを持ってきてくれていた。

皿に取り分けられたそれを一口分、手で摘まんで口に入れてみる。舌の上で崩れるしっとりとした生地を、おそるおそる咀嚼する。

やはりもう、甘さはわからなかった。ただ確かに私の味蕾は、うっすらとではあるけれど、使ったココアの深い苦みを拾った。

わん、と鳴き声が聞こえた気がした。

押し出されるように涙が頬を伝う。舌がじんと痺れる。喉を通り、胃まで落ちていったケーキの苦みが、ぱっと火花を散らすように私の中に火を灯す。

そっか、そっか、ちーちゃん。

ずっと探してくれてたんだね。

「……ごめんなさい、やっぱり、わからないみたい……」

二人が慌てた様子で私を落ち着かせようとしてくれるのに、涙を拭いながら「ちがうの」と笑う。安心させたいのに涙が次から次へと出てきて、止まらなかった。

「もしかしたら、これから徐々に戻っていくことあるかもしれないし」

真剣にそう慰めてくれる綾乃さんに首を振る。私が甘み以外の味も失っていたと知らない二人は、私が一瞬摑みかけた甘みを失ったことに、ショックを受けていると思っているのだろう。

繰り返し、ちがうんです、と否定した。つらいわけでも悲しいわけでもない。甘み以外の味覚を取り戻した喜びでもない。ただ、お別れがさびしくて、あの子がいとおしかった。あかねさん、と千裕くんが心配そうに私の名を呼ぶ。大丈夫だよ、だいじょうぶ。きみが教えてくれたから。ちーちゃんが背を押してくれたから、私はもう大丈夫。

苦しい過去も不完全な味覚も、この先二度と、私を不幸にはしえないのだと思えた。ちーちゃんはもう、自由だから。だから私も、前を向いて歩いていける。

一瞬の、十年ぶりに舌に触れた甘みが、あの子と過ごしたかつての記憶を奇跡のように蘇《よみがえ》らせた。きみがくれたかけがえのない日々を抱えて、私は生きていける。

エピローグ

かちゃん。鍵を閉めて、外廊下を渡る。春を迎えようとしている澄んだ空気の中に、私が階段を下りる金属音が鋭く響いた。

足音が聞こえていたのか、インターホンを鳴らす前に101号室の扉が開く。千裕《ちひろ》くんに支えられて、綾乃《あやの》さんも出てきてくれた。

「さびしくなるね。卒業式までいればいいのに」

「職場周辺に慣れておきたいんで、式も出ないことにしたんです」

そっと、その手に鍵を返す。感慨深そうに綾乃さんは掌《てのひら》でそれを転がした。お世話になりました、と頭を下げる。

今日、私はみなと荘を去る。

笑顔をつくる私の頬《ほお》に、綾乃さんはためらいなく手を伸ばした。少し冷えた、乾いた指先。軽く、なぞるように私の輪郭《りんかく》をたどる。

「新しいとこでも、ちゃんと食べるんだよ。まずはそこからだからね」

「最近は、これ好きだな、って思って食べることも多いので。大丈夫ですよ」

千裕くんの誕生日会以降、何も感じ取れなかった私の舌は、時間をかけて少しずつ味覚を取り戻していた。甘みだけは、変わらずわからないままだけれど。ただ前よりもずっと、〝食べられる〟より〝食べたい〟を選べるようになっている。

「綾乃さんも、お体に気をつけて」

「私は親友の分まで長生きするからね。だから茜《あかね》ちゃんも、いつでも帰っておいで」

つん、と顎《あご》を上げて強気に微笑《ほほえ》む彼女は、頰《ほお》に麻痺《まひ》を残しながらもとびきり綺麗《きれい》で、格別に魅力的だった。帰る、という言葉を選んでくれたことが私には何よりの餞別《せんべつ》だと、本人はわかっているだろうか。

「千裕くんも、元気で」

目線を上げると、切れ長の眼差《まなざ》しとかち合う。はじめて会ったときよりも、少し背が伸びただろうか。次に会うときは、もう完全に大人の男のひとになっているかもしれない。けれど今はまだ、どこかいとけなさを残す面持《おもも》ちのまま、千裕くんはそっとうなずいた。

「あの、茜さん。これ」

綾乃さんの手に杖を持たせて一度部屋に戻った千裕くんは、小さな紙袋を私に差し出した。受け取ってみれば袋の底はまだ温かい。中に入っていたのはたい焼きだった。

「わ、家で作れるの？　こういうの」

「この前ばあちゃんの友達がたい焼きメーカー譲ってくれたんで、作ってみました、惣菜《そうざい》たい焼き。中身はお楽しみで」

そういえば結局、お店のたい焼きをお土産《みやげ》にする機会はあれ以来なかった。何気なく話したことを、彼は覚えていてくれたのだ。ありがとう、と受け取ったそれを抱きかかえる。

「最後まで、もらってばかりになっちゃった」

傘を差しかけてもらった日から、今日まで。結局ずっとこんな調子だったな。苦笑しつつそうこぼせば、「何言ってんの」と綾乃さんは呆《あき》れたような声を出した。千裕くんも少し眉を下げる。目が合うと、切れ長の目がやわらかく細められた。

「また、いっしょにご飯食べましょう。おれがもっと、食べてもらいたいです、茜さんに」

だから茜さんも、お元気で。

それは静かに、真珠色に光る祈りのような声だった。告げられた響きを、この先ずっとお守りにできるような、そんなやさしい音だった。

綾乃さんに無理をさせたくなくて、ここでいいと言ったけれど、二人ともみなと荘の前まで出てきて見送ってくれた。キャリーバッグを引きながら、角を曲がるまで何度もふり返って手を振った。二人もまた、ずっと手を振ってくれていた。

がらがらとキャリーを引き、タクシー乗り場を目指す。まだ春風には至らない鋭い風が、私の背を押すように吹き抜けた。横断歩道に差しかかる。

信号はしばらく変わらなさそうだ。紙袋の中をのぞいてみると、二尾の小ぶりなたい焼きが背びれを見せている。食べ歩きは行儀が悪いだろうか、と思わないでもなかったが、今日は誘惑に負けることにした。

「……からっ」

一口かじると、スパイスの香りが鼻に抜けた。舌がひりりと熱を持つ。中身は、あのキーマカレーだった。パリッと焼けた生地の中に詰まっている挽肉《ひきにく》のうまみと、やわらかいけれどしゃきしゃきの野菜、そしてナッツの歯ごたえ。

辛い。はふ、と口から熱気を逃しながら、また一口かじる。

生きていけるな、と思った。みなと荘に、あの二人がいる101号室の食卓に、私の居場所がある。それだけでもう、私は生きていける。

わん、と犬の鳴き声がした。弾かれるように顔を上げれば、向かいの道路を母親と小さな女の子、そして犬が散歩していた。母親の持つリードの途中を手に持って、女の子は犬とぴったりくっつくように歩いている。犬が女の子のほうをふり返って、その顔を舐《な》めた。女の子がきゃあと笑う。

たい焼きのしっぽを口の中に押し込み、咀嚼《そしゃく》し、嚥下《えんか》する。口の中の熱っぽさを逃がそうと息を吐くと、ひりつく舌に、冴《さ》えた空気が触れた。
信号が切り替わる。掠《かす》れた白線に一歩を踏み出した。

※この作品はフィクションです。実在の人物・団体・事件などにはいっさい関係ありません。

集英社オレンジ文庫をお買い上げいただき、ありがとうございます。
ご意見・ご感想をお待ちしております。

● あて先
〒101-8050　東京都千代田区一ツ橋2-5-10
集英社オレンジ文庫編集部 気付
樹　れん先生

シュガーレス・キッチン
—みなと荘101号室の食卓—

集英社
オレンジ文庫

2025年3月23日　第1刷発行

著　者　樹　れん
発行者　今井孝昭
発行所　株式会社集英社
〒101-8050東京都千代田区一ツ橋2-5-10
電話【編集部】03-3230-6352
【読者係】03-3230-6080
【販売部】03-3230-6393（書店専用）
印刷所　大日本印刷株式会社

ISBN 978-4-08-680612-1 C0193